DES

ERREURS DE BOILEAU

DANS SON

HISTOIRE DE LA POÉSIE FRANÇAISE

Art poétique, Chant Ier.

PAR

H.-M. GERIN

Licencié ès-lettres

Lauréat de la Faculté des Lettres de Caen.

— ❖ —

NEVERS

IMPRIMERIE ET LIBRAIRIE MAZERON FRÈRES

1886

DES

ERREURS DE BOILEAU

DANS SON

HISTOIRE DE LA POÉSIE FRANÇAISE

(Art poétique, Chant 1er.)

PAR

H.-M. GERIN

Licencié ès-lettres

Lauréat de la Faculté des Lettres de Caen.

NEVERS

IMPRIMERIE ET LIBRAIRIE MAZERON FRÈRES

1880

LES

ERREURS DE BOILEAU

I

Boileau et la critique moderne.

C'est une erreur de notre temps que de faire un reproche à Boileau de n'avoir rendu justice ni à ses devanciers ni même à certains poètes de son époque. On l'a accusé tour à tour de mauvais goût et d'ignorance. Mais, comme l'attaquer au nom de la raison portait toujours malheur, on l'a attaqué au nom de l'imagination et du sentiment, au nom de l'histoire littéraire, voire de la grammaire, et on a cru ébranler sa vieille et solide réputation. L'accusation d'ignorance portée contre un juge aussi sérieux, vient peut-être de ce qu'on n'a pas suffisamment compris sa pensée. Que de fois, par exemple, on l'a taxé d'injustice à l'égard de Ronsard et de La Fontaine! On l'a condamné sur ce qu'il n'avait pas dit, sur ce qu'il n'avait pas voulu dire. Il semble qu'il serait temps d'abandonner cette critique négative qui ne juge que du dehors et ne pénètre pas au cœur même de l'œuvre. Aujourd'hui, la meilleure façon d'être original en parlant de Boileau, serait peut-être d'en dire du bien et de le prouver. Il serait même plus juste de faire l'histoire des erreurs sur Boileau, que de rechercher curieusement celles qu'il a pu commettre, en invoquant des principes qui n'étaient pas les siens. On aurait ainsi une étude intéressante sur les variations du goût.

Le présent Mémoire sur le sujet proposé par la Faculté des lettres de Caen (1) : « **Des Erreurs de Boileau dans son histoire de la poésie française (Ier chant, Art poétique),** » sera un argument en faveur de cette opinion. Notre but est de saisir la pensée de l'auteur, de l'expliquer et de la développer. S'il y a des erreurs, elles apparaîtront d'elles-mêmes ; mais on verra qu'elles n'entament en rien la réputation de Boileau ni de son bon sens supérieur ; qu'elles ne tiennent pas à l'homme même, mais à l'époque où il a vécu ; qu' afin, il était néces-

---

(1) 1886.

saire au moment où s'ouvrait la deuxième période du dix-septième siècle, de mettre en relief les erreurs à éviter, et, pour ne prendre qu'un exemple, de signaler les défauts de Ronsard en rejetant dans l'ombre ses qualités.

II

Idée générale de l'Art poétique. — De la poésie selon Boileau (1ᵉʳ chant). — Si Boileau a fait une histoire de la poésie.

Une des raisons qui ont le plus contribué à faire naître des erreurs sur Boileau est l'oubli ou l'ignorance que l'on a eus du but et de l'utilité de son Art poétique. Quelle a été son intention? Il a voulu seulement enseigner aux poètes, dignes de ce nom, les règles à suivre dans l'*expression*, dans l'*exécution* de leurs œuvres, en même temps que leur proposer des modèles à imiter. Ces modèles sont choisis d'après un certain idéal, et tout idéal est absolu et nécessairement exclusif. Lorsque Boileau, passant en revue les différentes formes poétiques, recommande des écrivains, il ne cite que ceux qui lui semblent le mieux réaliser la conception qu'il s'est faite de chacune de ces formes. Il y a des oublis volontaires et nécessités par le besoin de citer des modèles et de ne citer que les modèles. Ainsi, à propos de la tragédie, il oubliera Euripide. Pourquoi? C'est que ce poète ne répond pas à l'idéal tragique qu'il a conçu; c'est qu'il a de la déclamation, de la sophistique, tous éléments contraires à l'action d'un drame. On objectera qu'Euripide a le premier fait de l'amour un ressort dramatique. Cela est un mérite relatif que l'histoire littéraire doit mentionner mais que la critique qui décide peut négliger. Racine a ce même mérite et il n'a pas les défauts d'Euripide. Les oublis d'Aristophane et de Plaute sont justifiés par des raisons analogues. Boileau en littérature est un dogmatique; ce n'est pas un historien, mais un juge.

Une étude particulière du chant premier de l'Art poétique où il parle de la poésie avant **Villon**, de **Villon**, de **Marot**, de **Ronsard**, de **Desportes** et **Bertaut**, de **Malherbe**, expliquera mieux notre pensée.

Ce premier chant contient des préceptes qui s'appliquent à l'art d'écrire en général (1), et surtout à l'art d'écrire en vers.

(1) Il y est en effet question des romans en prose de Mˡˡᵉ de Scudéry.

Sur l'art d'écrire en général (prose ou poésie), les règles communes sont celles-ci : Ayez du bon sens, c'est-à-dire ayez des choses une juste vue ; apprenez à penser ; disposez vos idées avec art et méthode ; soyez vrais, clairs et sincères. — Mais voulez-vous écrire en vers ? A ces obligations s'en ajoutent d'autres : 1° Ayez du génie, c'est-à-dire le don naturel de la rime (cf. sat. à Molière) ; 2° Ayez surtout « pour la cadence une oreille sévère » :

> Le vers le mieux rempli, la plus noble pensée,
> Ne peut plaire à l'esprit quand l'oreille est blessée.

La supériorité de la poésie sur la prose est donc dans l'harmonie, la cadence, la rime, et, pour tout dire, dans la forme. Et comme celle-ci ne doit jamais être séparée du fond, la difficulté et aussi le mérite consistera à mettre d'accord la cadence, la rime avec la raison, laquelle, pour Boileau, se confond avec le sens qui doit avoir pour fondement le vrai et le juste.

Ces règles générales établies, Boileau remplit son rôle de « législateur du Parnasse » d'une part, en formulant les lois de la versification et de la langue poétique, de l'autre, en proposant comme modèles les poètes qui les ont le mieux observées, ou en mettant en garde contre ceux qu'un enthousiasme irréfléchi porterait à imiter.

> Durant les premiers ans du Parnasse françois,
> Le caprice tout seul faisait toutes les lois :
> La rime, au bout des mots assemblés sans mesure,
> Tenait lieu d'ornements, de nombre et de césure :
> **Villon** sut le premier, dans ces siècles grossiers,
> Débrouiller l'art confus de nos vieux romanciers.
> **Marot** bientôt après fit fleurir les ballades,
> Tourna des triolets, rima des mascarades,
> A des refrains réglés asservit les rondeaux
> Et montra pour rimer des chemins tout nouveaux.
> **Ronsard** qui le suivit, par une autre méthode
> Réglant tout, brouilla tout, fit un art à sa mode :
> Et toutefois longtemps eut un heureux destin ;
> Mais sa muse en françois parlant grec et latin,
> Vit, dans l'âge suivant, par un retour grotesque,
> Tomber de ses grands mots le faste pédantesque.
> Ce poète orgueilleux trébuché de si haut,
> Rendit plus retenus **Desportes** et **Bertaut**.
> Enfin **Malherbe** vint, et le premier en France,
> Fit sentir dans les vers une juste cadence,
> D'un mot mis en sa place enseigna le pouvoir
> Et réduisit la muse aux règles du devoir.

Par ce sage écrivain la langue réparée,
N'offrit plus rien de rude à l'oreille épurée,
Les stances avec grâce apprirent à tomber
Et le vers sur le vers n'osa plus enjamber.
Tout reconnut ses lois, et ce guide fidèle
Aux auteurs de ce temps sert encore de modèle.
Marchez donc sur ses pas; aimez sa pureté,
Et de son tour heureux imitez la clarté.

Si l'on étudie ces vers d'un peu près, on remarquera l'insistance avec laquelle Boileau, pour faire entendre sa pensée, emploie ces mots : art, méthode, lois, règles, modèles, guide, — langue, tour, mot mis en sa place, pureté, clarté, — cadence, mesure, nombre, césure, enjambement, rime, — enfin asservissement, fidélité, devoir qui sont comme la morale de sa poétique. On reconnaîtra que ce qu'il estime surtout dans Villon, Marot, Desportes, Bertaut et Malherbe, c'est, pour employer un terme général, l'art de rimer, c'est-à-dire, l'art de faire un choix dans les mots (ce que n'a pas toujours connu Ronsard), l'art d'être raisonnable, humain et harmonieux tout ensemble (ce que Ronsard n'a pas non plus toujours compris, puisque le plus souvent il a pensé et écrit d'après les Grecs et les Latins), en un mot l'art de mettre d'accord la rime et la raison. Boileau n'a pas pour mission de rechercher si les poètes qu'il cite sont les seuls vrais poètes, mais si ce sont les seuls poètes qui aient réalisé l'idéal poétique qu'il a conçu. Il n'entend pas, sans doute, qu'ils soient les seuls dignes d'attention pour les lettres, mais il prétend que ce sont les seuls qu'il convient aux poètes à venir d'imiter, et d'imiter pour la langue, le tour, la versification. Pourquoi, par exemple, dans ce premier chant oublie-t-il Régnier qu'il recommande au chant II au sujet de la satire? C'est qu'il ne considère pas en lui le versificateur. Ce n'est donc pas une histoire de la poésie jusqu'au dix-septième siècle qu'il a voulu faire; il a seulement cherché à donner des modèles, ou, si l'on veut, à esquisser à grands traits les progrès de la langue et de la versification jusqu'à Malherbe inclusivement. C'est de l'histoire littéraire, si l'on y tient, mais de l'histoire très générale et en quelque sorte théorique. Au reste, il procède comme Quintilien qui, au chapitre X, 45, de l'Institution oratoire, dit au sujet des écrivains qu'il conseille à l'orateur d'étudier : « J'ai l'intention (1) de n'en choisir qu'un petit » nombre, mais ce sont les plus grands. Il sera facile aux gens de

(1) Paucos enim, qui sunt eminentissimi, excerpere in animo est. Facile est autem studiosis..., etc. (Inst. orat., X, 45.)

» goût, qui pourraient se plaindre de quelques oublis, de juger de
» quels auteurs se rapprochent le plus ceux qu'ils affectionnent.
» J'avoue qu'il y en a plus à lire que je n'en cite. Mais je cherche en
» ce moment surtout les genres de lectures qui, à mon avis, convien-
» nent le mieux à ceux qui veulent devenir orateurs. » Boileau de
même circonscrit son sujet. La question se pose donc nettement. Il ne
s'agit pas d'examiner si l'auteur de l'Art poétique est un ignorant, ou
s'il a manqué de sentiment et d'imagination en négligeant les poèmes
du Moyen âge, et la plupart des poètes du seizième siècle; il n'est pas
question de la nature même de la poésie, mais de son expression. Il
s'agit de savoir si Boileau a bien jugé la poésie avant Villon, Marot,
Ronsard, Desportes, Bertaut et Malherbe au point de vue de l'art
poétique, autrement dit de la méthode, de la langue et de la versification; s'il a eu, en un mot, de l'oreille ci du goût. Nous sommes
donc amenés à étudier plus particulièrement la poétique de Boileau
et à contrôler ensuite les jugements qu'elle lui a dictés sur ses devanciers.

III

La Poétique de Boileau.

(a) *Lois de la versification et de la langue poétique.*
(b) *Esprit général de la poétique de Boileau.*

(*a*) Les règles de versification que Boileau a formulées, sont fondées
à la fois sur l'exigence de l'oreille et sur la satisfaction de l'esprit. Il
ne sépare jamais ces deux conditions. A notre époque, au contraire,
on a négligé le fond pour la forme. Boileau qui voulait qu'avant
d'écrire on apprît à penser, ne séparait jamais l'idée de l'expression
et même au pis aller subordonnait celle-ci à celle-là :

> Et mon vers bien ou mal dit toujours quelque chose.

Néanmoins, comme pour lui le propre de la poésie était dans la
cadence, dans l'harmonie et le choix des expressions, il en fixa les
lois :

> ..... C'est en vain qu'aux poètes
> Les neuf trompeuses sœurs dans leurs douces retraites
> Promettent du repos sous les ombrages frais :
> Dans ces tranquilles bois pour eux plantés exprès,
> La cadence aussitôt, *la rime, la césure,*
> La *riche expression,* la *nombreuse mesure,*

> Sorcières dont l'amour sait d'abord les charmer,
> De fatigues sans fin viennent les consumer.
>
> (Épître XI.)

Selon Boileau, les vers sont soumis aux conditions suivantes : la cadence, le nombre, le rythme, la rime.

1º La *cadence*, chute (cadere) harmonieuse de chaque hémistiche, doit toujours s'accorder avec le *sens* :

> Que toujours dans vos vers le *sens* coupant les mots
> Suspende l'hémistiche, en marque le repos.

Une des conséquences de cette règle est la suppression de l'enjambement.

2º Le *nombre* dépend du choix des mots et de leur place :

> Il est un heureux choix de mots harmonieux,.

Malherbe,

> D'un mot mis en sa place enseigna le pouvoir.

Conséquence de cette règle : proscription de l'hiatus :

> Gardez qu'une voyelle à courir trop hâtée
> Ne soit d'une voyelle en son chemin heurtée.

3º Le *rythme* résulte nécessairement de la cadence et du nombre. Il est l'harmonie provenant de la succession régulière des mêmes temps, du même pied. Boileau n'emploie pas ce mot ; il le remplace par celui de cadence qui a ainsi un sens plus étendu que celui que nous lui donnons aujourd'hui. Il comprend sous ce nom le nombre et le rythme. Il dira par exemple (1) :

> N'offrez rien au lecteur que ce qui peut lui plaire,
> Ayez pour la *cadence* une oreille sévère.
> . . . .

Malherbe,

> Fit sentir dans les vers une juste cadence.

(1) Ou s'il veut préciser il emploie le mot « mesure ».

— 9 —

4° *La rime*. La règle suprême est que la rime signifie quelque chose :

Que toujours le bon sens s'accorde avec la rime.

Sur ce point, Boileau est impitoyable. La rime n'est pas pour lui une question de forme comme pour l'école moderne ; la richesse de la rime n'est à ses yeux que secondaire (1). Ce qu'il importe avant tout, c'est qu'elle ait une signification.

Mais mon esprit, tremblant sur le choix de ses mots
N'en dira jamais un s'il ne tombe à propos,
Et ne saurait souffrir qu'une phrase insipide
Vienne à la fin du vers remplir la place vide.

(Sat. II à Molière, 47-51.)

Ce n'était pas un faible mérite en 1660 que d'avoir proclamé cette règle si simple en apparence. Les modernes n'en ont pas tenu compte. Ils ont durement reproché à Boileau la pauvreté de ses rimes, s'étonnant, sans raison, qu'un poète qui avait tant parlé de la rime, rimât si faiblement. C'est qu'ils le jugeaient uniquement sur la forme. L'auteur de l'Art poétique ne connaissait pas ce principe absolu formulé par les poètes et versificateurs du dix-neuvième siècle, qu'il doit y avoir à la rime *la consonne d'appui*. Il admettait sans scrupule, *pourvu qu'elles aient du sens*, des rimes comme celles-ci : tables et coupables, vivre et poursuivre, avenir et saisir. Par exemple, dans les soixante premiers vers du chant I de l'Art poétique, il faisait rimer secrète et poète, périlleuse et épineuse, exploits et bois, désert et mer, écrits et prix, face et terrasse, ovales et astragales, fin et jardin, etc... Et au chant I du Lutrin, son chef-d'œuvre de versification, terrible et invincible, titre et chapitre, église et entremise, fraternelle et chapelle, hermines et matines, palais et paix, empire et admire, etc. Dans toutes ces rimes, la consonne d'appui n'existe pas. L'exigence de Boileau ne porte pas sur l'identité dans le son des syllabes entre elles, mais sur la convenance de la rime avec l'idée.

Sa poétique est simple et peut se résumer ainsi :

1° Règle de l'hémistiche (2) (accord de la rime et du sens) — proscription de l'enjambement ;

(1) V. Hugo, le maître de la rime, force souvent le sens en voulant rimer richement. Il accomplit de vrais tours de force ; il s'ingénie à trouver le rapport entre la richesse des rimes et l'idée qu'il veut exprimer. Cf. *Légende des Siècles* : la Conscience.

(2) Ou de la césure. Car si Boileau dit hémistiche, c'est qu'il s'occupe surtout de l'alexandrin.

2° Choix et place de mots harmonieux — suppression de l'hiatus ;

3° Accord de la Rime et du Sens.

(*b*) Le charme de l'oreille inséparable de la satisfaction de l'esprit, l'union intime, harmonieuse de ces deux conditions dont la dernière est la plus importante, telle est l'idée générale de la poétique de Boileau. On sait déjà les moyens qu'il exige pour satisfaire l'esprit (11) : bon sens, art, plan, méthode. Nous pouvons donc maintenant, guidés par lui, contrôler ses jugements et voir si la pratique est d'accord avec la théorie, si Boileau, l'apôtre de la raison, a toujours été raisonnable en appréciant ses devanciers. Or, nous croyons que c'est là la seule manière d'être équitable envers lui. Lui demander, en effet, pourquoi au lieu de la raison, il n'a pas pris pour guides le sentiment, l'imagination ou tout autre qualité de l'esprit, juger son œuvre au nom de principes qu'il n'admettait pas, c'est s'exposer à ne le jamais comprendre, à lui imputer des erreurs qu'il n'a pas commises. Parce que vous êtes doué d'une forte imagination, parce que vous êtes d'une nature sentimentale, parce que vous avez de grandes connaissances historiques ou grammaticales, avez-vous le droit, vous érigeant en critique, de mépriser qui ne vous ressemble pas, et d'exiger d'autrui les qualités qui vous distinguent ? Et après tout, vos talents sont-ils aussi universels, aussi communs que vous le pensez ? Une seule chose appartient à tous, ou du moins est le partage du plus grand nombre : c'est la raison, le bon sens, qui ont toujours leur écho. Cette qualité, vous pouvez la réclamer de quiconque se mêle d'écrire, car elle fait tout passer. Il n'en est pas de même des autres dons ou des autres acquisitions de l'esprit qui ne servent qu'à lui donner du lustre, mais qui par eux-mêmes n'ont qu'une influence restreinte et ne produisent d'effet que sur les natures douées ou cultivées d'une manière analogue. Boileau est l'homme de la raison et c'est en son nom qu'il a jugé ses devanciers. Vous dites : la poésie n'est pas l'œuvre de la raison, mais l'œuvre de l'imagination et du sentiment, et c'est d'après ces facultés qu'il convient de l'apprécier. Mais quelle est la mesure de l'imagination et du sentiment ? Où sont leurs bornes ? Quel sera votre point de départ pour votre appréciation, votre principe, votre base, en un mot, pour déclarer ceci bon, cela mauvais ? Heureusement, la raison sert de guide fidèle, règle, tempère, marque les limites, déclare qu'en deçà ou au delà de certaines bornes une œuvre est défectueuse, parce qu'elle n'est plus accessible qu'à un petit nombre, tandis qu'elle doit s'adresser au commun des mortels. C'est la raison enfin qui décide en dernier ressort. Boileau a jugé ses prédécesseurs par la seule qualité qui pût les unir et leur être commune. Il est allé droit au fond même de la littérature; il a vu en elle ce qu'il y avait de durable et d'éternel. Lui reprocher d'avoir négligé le côté historique et grammatical dans les œuvres du Moyen âge, de n'avoir pas loué la mélancolie de Villon, ou l'enthousiasme, la verve, l'imagination de Ronsard, c'est méconnaître le but qu'il s'est proposé, c'est dénaturer sa pensée. Au contraire, examiner ce qu'il a fait en partant de ce qu'il a voulu faire, voir s'il a commis des erreurs en prenant pour guide la raison, contrôler Boileau par Boileau lui-même, voilà ce que nous avons le droit et le devoir d'entreprendre. Ne cherchons donc pas à briller à ses dépens, — ou plutôt aux nôtres.

IV

La Poésie avant Villon.

Le jugement de Boileau n'englobe pas tout le Moyen âge. — Boileau ne dédaigne pas l'esprit de la littérature du Moyen âge, mais il n'en peut admettre la forme. — La méthode, la langue, la versification dans les œuvres du Moyen âge.

La grande erreur de Boileau, aux yeux des romantiques, et celle qui lui a fait le plus d'ennemis dans tout le dix-neuvième siècle, c'est d'avoir exécuté sommairement, en six vers, tout le Moyen âge :

> Durant les premiers ans du Parnasse françois,
> Le caprice tout seul faisait toutes les lois :
> La rime, au bout des mots assemblés sans mesure,
> Tenait lieu d'ornements, de nombre et de césure.
> Villon sut le premier, dans ces siècles grossiers,
> Débrouiller l'art confus de nos vieux romanciers.

Il importe, pour relever Boileau de cette accusation, de ne pas perdre de vue l'objet de sa mission. Son art poétique, on l'a vu, devait être nécessairement exclusif et absolu. L'auteur ne voulant que donner des préceptes et des modèles était obligé de faire bon marché de la poésie du Moyen âge qui, si considérable qu'elle ait été par son influence, si intéressante qu'elle soit aujourd'hui parce qu'elle nous offre comme le miroir de la société du douzième au quinzième siècle, pêche précisément par le manque de méthode, s'exprime dans une langue encore en formation, grossière, au sens latin de rudis (1), et emploie une versification incorrecte, déréglée, monotone. Or, que recherche Boileau dans une œuvre poétique ? N'est-ce pas la perfection de la méthode, de la langue et de la versification ? N'est ce pas l'art avant tout ? On dit : Boileau ne pouvait pas connaître le Moyen âge comme nous le connaissons aujourd'hui ; son jugement ne porte que sur des œuvres isolées qui lui sont tombées comme par hasard entre les mains ; son arrêt ne peut donc être juste ni sans appel, et il convient maintenant d'en reconnaître l'erreur.

Distinguons d'abord deux époques dans le Moyen âge : l'époque de l'enthousiasme et celle de la satire ; la première illustrée par les chansons de geste et les romans de la table ronde, la seconde, par les romans satiriques. Boileau n'a pu connaître que la dernière époque qui va du treizième au quinzième siècle. Il serait assez étrange de le condamner parce qu'il n'a rien dit de l'autre. Son jugement n'englobe donc pas tout le Moyen âge ; aussi nous ne nous occuperons que de la partie *qu'il a pu* connaître.

Il est certain que le Moyen âge a été négligé au dix-septième siècle. Molière (2) et La Fontaine sont les seuls qui aient gardé pour lui une sorte de tendresse. Il ne faudrait pas croire cependant que Boileau fût l'ennemi déclaré de la littérature qui avait illustré « les premiers ans du Parnasse françois ». Car d'abord, si dans la forme il aime la régularité, il est dans le fond un pur Gaulois, parce qu'il est satirique et qu'il sait appeler « un chat un chat et Rollet un fripon ». Il adore Régnier qui « dans son vieux style encore a des grâces nouvelles », il ne dédaigne pas de lire de tous les petits genres cultivés au Moyen âge et dont quelques-uns sont encore en honneur à son époque :

> Epigrammes, chansons, rondeaux, fables en vers,
> Satire, comédie : et sur cette matière (sur les femmes),
> J'ai vu tout ce qu'ont fait La Fontaine et Molière ;
> J'ai lu tout ce qu'ont dit *Villon* et *Saint-Gelais*,
> Arioste, *Marot*, Boccace, Rabelais,
> *Et tous ces vieux recueils de satires naïves*
> *Des malices du sexe immortelles archives*
>
> (Satire X.)

Ce n'est donc pas l'esprit de la littérature du Moyen âge qu'il réprouve ; il en aime au contraire la naïveté, la franchise, le ton sati-

(1) C'est ainsi qu'il dira « dans ces siècles grossiers ».

(2) *Le Médecin malgré lui* est tiré d'un fabliau : *le Villain Mire*.

rique. Il ne saurait d'ailleurs renier sa propre nature. Mais ce qu'il ne peut admettre, c'est la forme de cette poésie, c'est « l'art confus de nos vieux romanciers ». Une note de lui-même nous explique plus clairement sa pensée. « *La plupart de nos anciens romans françois sont en vers confus et sans ordre, comme le Roman de la Rose et plusieurs autres* (1). » Il avait donc pu lire des chansons, des fabliaux, des romans (de la Rose et très probablement du Renart); de même les satires burlesques du quinzième siècle. Une autre note de lui, dit : « *Le style burlesque fut extrêmement en vogue depuis le commencement du dernier siècle jusque vers l'an 1660 où il tomba.* » Il n'ignore pas non plus, quoi qu'on en ait dit, le théâtre des mystères. Il a dû lire (*leurs pièces sont imprimées, met-il dans une note*) les œuvres « *de cette troupe grossière* » qui « *joua les saints, la Vierge et Dieu par piété* (2) ». — Ainsi Boileau devait avoir sur la deuxième partie du Moyen âge des connaissances suffisantes pour exprimer sinon un jugement définitif, du moins un jugement assez proche de la vérité en ce qui regarde l'ensemble de la littérature de cette époque. Au reste, le contrôle que nous avons le droit d'exercer sur ses critiques, ne porte que sur la forme même de la poésie du Moyen âge, sur l'art confus des poètes, sur leur méthode, sur leur langue, sur leur versification.

(*a*) LA MÉTHODE. — On sait ce que Boileau entend par méthode dans la composition d'un ouvrage :

> Il faut que chaque chose y soit mise en son lieu,
> Que le début, la fin répondent au milieu.
>
> (Art. poét., Ch. I., 176-178.)

De même la condition indispensable, pour qu'il y ait unité de plan dans un livre, est que ce livre soit l'œuvre d'un auteur unique. « L'on n'a guère vu jusqu'à présent, dit Labruyère, un chef-d'œuvre d'esprit qui soit l'ouvrage de plusieurs : Homère a fait l'*Iliade*, Virgile l'*Énéide*, Tite-Live ses *Décades* et l'Orateur romain ses *Oraisons*. » Or il est à remarquer que les romans de la Rose et du Renart, qui ont eu le plus de succès et de retentissement au Moyen âge, sont précisé-

____

(1) Œuvres de Boileau. Edit. Gidel.

(2) Mais ce théâtre des mystères manquant pour la forme de régularité, et, pour le fond s'écartant de la véritable voie, puisqu'il jouait la religion au lieu de s'adresser à l'antiquité profane, ne pouvait pas, aux yeux de Boileau, constituer le vrai théâtre, *le théâtre* en un mot. Aussi écrivit-il ces vers malencontreux qu'on lui a si amèrement reprochés et qu'il est cependant facile de justifier en comprenant bien sa pensée :

> Chez nos dévots aïeux le *théâtre* abhorré,
> Fut longtemps dans la France un plaisir ignoré.

ment des œuvres collectives auxquelles manquent l'unité d'inspiration. Guillaume de Lorris et Jean de Meung ont fait chacun une partie du *Roman de la Rose* dont la première est une idylle (1) et la seconde un pamphlet. — Ici c'est un long développement sur la métaphysique amoureuse du temps, une première esquisse de la carte du Tendre, du merveilleux à chaque pas, et du merveilleux absurde comme n'en admettait pas Boileau, tout un étalage enfin d'érudition inexacte dont l'Art d'aimer d'Ovide fait presque tous les frais ; — là, ce sont d'audacieuses invectives, des dissertations politiques et religieuses, des attaques contre la royauté et contre toutes les classes de la société. c'est un réquisitoire violent contre la femme tout à l'heure si respectée. Ovide a fait place à Juvénal. — Quant au roman de Renart, le défaut de plan est, s'il se peut, plus évident encore. Dans la seule version française il y a plus de trente-deux branches auxquelles ont travaillé une foule de poètes restés pour la plupart inconnus (2). Dans ce poème nous trouvons de la satire sous toutes les formes, chansons, fabliaux, histoires ancienne et moderne, apologues, moralités. C'est un pêle-mêle, des tirades sur les mœurs, sur les lois, la politique, la philosophie, la théologie, la médecine ; c'est l'image du Moyen Âge avec toutes ses aspirations ; ce n'est pas un poème, c'est une encyclopédie, une vaste compilation. — Ajoutez que chacun de ces romans avait de 25 à 50,000 vers, qu'ils sont par conséquent d'une insupportable prolixité et que le précepte de Boileau : « Qui ne sait se borner, ne sut jamais écrire » ne rencontra jamais plus belle application. N'est-ce pas le cas aussi de trouver juste ce qu'il dit de « l'art confus » de nos vieux romanciers ? On demandera sans doute pourquoi ces poèmes nous intéressent si fort aujourd'hui. C'est que nous n'apportons pas à leur lecture les mêmes préoccupations que Boileau ; c'est que celui-ci est un littérateur et que nous ne sommes plus guère que des historiens. Ce qui répugnait à l'auteur de l'Art poétique est devenu au contraire pour nous un objet plein d'attraits. Le confus, l'incohérent, le bizarre (3), le grotesque, tout cela passe pour de la vérité historique. Nous retrouvons dans ces poèmes toute la vie du Moyen Âge, époque tourmentée, irrégulière, pleine de sagesse et de folies, de grossièretés et de raffinements, d'ignorance et d'érudition, sans cesse agitée par ses devoirs et par ses droits, par

(1) Ci est le Rommaut de la Rose où l'Art d'Amors est tole enclose.

(2) C'est à peine si trois seulement ont échappé à l'oubli : Pierre de Saint-Cloud, Jacquemait Gielle de Lille, Richard de Lison.

(3) Le bizarre est instructif, dit M. Taine.

sa raison et par sa foi. Or, pourquoi voudrions-nous imposer à d'autres notre manière d'apprécier les choses? Pourquoi reprocherions-nous à Boileau comme une erreur de n'avoir pas compris comme nous, c'est-à-dire en historiens, le Moyen âge? Et même ce dernier reproche serait-il tout à fait fondé? Boileau n'a-t-il pas caractérisé d'un mot expressif ces « vieux recueils de satires naïves » qu'il appelle d'*immortelles archives*? Sommes-nous plus modernes que lui en ce point?

(*b*) LA LANGUE. — Que si maintenant, laissant de côté l'ensemble de ces compositions, nous les étudions au point de vue de la langue, ne verrons-nous pas la même variation de goût se produire? Boileau, en littérature, exige l'exactitude, l'harmonie dans l'expression, le choix dans les mots et leur place :

> Ce que l'on conçoit bien s'énonce clairement
> Et les mots pour le dire arrivent aisément.
> Surtout qu'en vos écrits la langue révérée,
> Dans vos plus grands excès vous soit toujours sacrée.
> En vain vous me frappez d'un son mélodieux,
> Si le terme est impropre ou le tour vicieux;
> Mon esprit n'admet point un pompeux barbarisme
> Ni d'un vers ampoulé l'orgueilleux solécisme.
> Sans la langue, en un mot, l'auteur le plus divin
> Est toujours quoi qu'il fasse un méchant écrivain.
>
> (Art poét., Chant I., 153-163.)

La règle suprême pour bien écrire est de bien penser, c'est-à-dire d'avoir des idées nettes et claires. Or on a vu quel chaos, quelle confusion régnait dans les poèmes du Moyen âge. Comment l'expression n'aurait-elle pas été elle-même obscure et confuse? Ajoutez que par le manque d'idées générales la langue dépérissait, s'étiolait. Et cependant, ce qui passionne aujourd'hui dans ces œuvres, c'est l'étude de la langue. On y trouve des beautés cachées, des tours heureux. Mais répondrait Boileau :

> C'est peu qu'en un ouvrage où les fautes fourmillent
> Des traits d'esprit semés de temps en temps pétillent.

Et surtout on y étudie l'évolution de notre langue. C'est qu'en effet nous ne sommes pas seulement devenus historiens, mais encore grammairiens, mais encore philologues. Une sorte de pédantisme nous fait croire que nul n'a de goût, que nul ne sait écrire s'il n'a trempé son esprit dans la science grammaticale la plus abstruse et la plus profonde (1). Avant donc que d'écrire apprenez à penser, disait tout simplement Boileau. Il ne se doutait pas qu'un jour on voudrait remplacer le travail de la pensée par celui de la grammaire, le travail des idées par celui des mots. Il lui suffisait, pour lui, qu'on lût attentivement les modèles, car en se pénétrant des idées les expressions suivaient naturellement :

> Selon que notre idée est plus ou moins obscure,
> L'expression la suit, ou moins nette, ou plus pure.

Le sens et le mot n'étaient pas séparés ; l'intelligence et la mémoire s'aidaient mutuellement. Maintenant on fait passer l'étude des mots avant celle des idées. On sépare ce qui aurait toujours dû rester uni, la forme et le fond. Du temps de Cicéron on soutenait aussi, dans un autre ordre d'idées, que nul ne pouvait être orateur s'il n'était profondément versé dans la science du droit (cf. De oratore, livre 1). Voilà, aux yeux des modernes, une autre erreur de Boileau. En jugeant les poèmes du Moyen âge il n'a pas rendu justice à l'archaïsme de la langue, il n'a pas fait œuvre de grammairien.

(c) LA VERSIFICATION. — Les critiques s'accentuent davantage si l'on en vient à la versification. Ici Boileau paraît plus vulnérable. On ne le juge plus sur ce qu'il n'a pas dit, mais sur un jugement net et précis :

> Durant les premiers ans du Parnasse françois
> Le caprice tout seul faisait toutes les lois.
> La rime, au bout des mots assemblés sans mesure,
> Tenait lieu d'ornements, de nombre et de césure.

Il semble qu'il y ait ici une erreur manifeste ; car la rime seule ne constitue pas le mérite de la versification du Moyen âge ; on y peut encore trouver comme ornements la mesure, le nombre, la césure. — Quel est le caractère de cette erreur ? La raison de Boileau est-elle en défaut ou est-ce sa science littéraire ? On serait d'abord assez disposé à croire que Boileau, ayant hâte d'arriver à une époque littéraire plus correcte et plus régulière, prononce sur la versification du Moyen âge un jugement irréfléchi et dédaigneux. Nous avons trop bonne opinion de son goût et de son bon sens pour nous en tenir à cette idée. Si l'on veut bien, en effet, se rappeler que sur chaque partie de l'Art poétique

(1) Sénèque (Lettres à Lucilius) avait déjà fait cette remarque.

(méthode, langue, versification). Boileau s'est créé un idéal à la lumière duquel il juge ses devanciers, il sera facile d'expliquer la critique sévère qu'il porte sur leur versification. Or, son idéal de versification, étant celui que nous avons résumé plus haut (III, a), il s'ensuit que tout ce qui n'a pas été formé selon les règles n'est pas un vers, de même que toute pièce de théâtre (les Mystères) qui n'a pas réalisé la conception qu'il s'est faite d'une œuvre dramatique n'appartient pas à la scène et doit tomber dans l'oubli. C'est un arrêt excessif sans doute, mais qui est la conséquence logique et nécessaire de l'idée qu'il a eue d'un Art poétique. Entrons pourtant dans les détails. Voici, par exemple, la loi sur l'enjambement. On peut dire que le jour où l'enjambement a été proscrit, la versification classique a été créée. Cette proscription, conséquence de la césure, forçait le poète à terminer le plus souvent possible le sens avec le vers, de même qu'on avait voulu à la césure que le sens coupât les mots. De là ces rigoureuses lois, véritables entraves, qui avaient pour avantage de forcer le poète à penser, mais qui paralysaient toute expansion lyrique, laquelle, pour se développer a besoin d'un plus large espace. Le vers ainsi réduit et resserré prit un air de régularité bien fait pour séduire l'esprit raisonnable et dogmatique de Boileau. Tout vers qui ne fut pas conforme à ce modèle fut donc non avenu. Comparez maintenant la versification du Moyen âge à la versification classique, Comme elle devait paraître incorrecte à notre auteur !

> Le caprice tout seul faisait toutes les lois.

L'irrégularité de nos anciens poètes vient, en effet, de l'abus des rejets, des enjambements. On en use au hasard ; le trop-plein d'un vers déborde sur le vers suivant.

> Le sang des occis sans lever
> Crie contre eux. Dieu ne veut plus
> Le souffrir ; ains les réprouver
> Comme mauvais, il est conclus.
> (CHRISTINE DE PISAN.)

Il ne serait pas difficile sans doute de trouver des vers bien mesurés, comme ceux-ci de Thibault de Champagne :

> Au revenir que je fis de Provence,
> S'émut mon cœur un petit de chanter ;
> Quand j'approchais de la terre de France
> Où celle maint (1) que je puis oublier.

(1) Demeure.

Mais c'étaient là d'heureux accidents ; et si Thibault de Champagne marque dans le mécanisme de nos vers un vrai progrès, surtout par l'alternance des rimes féminines et masculines, son exemple ne fut pas suivi, et il faut réellement aller jusqu'à Villon pour trouver quelque régularité. Les vers de Boileau,

> La rime, au bout des mots assemblés sans mesure,
> Tenait lieu d'ornements, de nombre et de césure,

sont vrais d'une vérité générale et ne comprennent pas les exceptions. Oui certes, ces poèmes du Moyen âge, en cinquante mille vers, ne diffèrent guère de la prose que par le retour plus ou moins régulier de la rime, et la cause d'une telle prolixité est justement dans cette facilité à rejeter d'un vers dans l'autre et sans aucun choix tout un débordement de mots. La pensée, n'étant pas resserrée dans son expression, s'épand en larges nappes comme un récit d'Homère, mais sans la musique et l'harmonie de la poésie grecque ou de la poésie latine, qui par la combinaison des longues et des brèves ont toutes deux conservé un rythme et une cadence que ne possédait pas alors la poésie française, surtout dans le récit. En outre, au Moyen âge, l'enjambement n'était pas, comme chez nos poètes modernes, l'occasion de produire des effets ; les vers n'en étaient que plus monotones. On trouverait un bon usage de l'enjambement chez La Fontaine et chez nos contemporains. Mais il n'en est pas moins vrai que l'abus des rejets non motivés rend le vers prosaïque, lui enlève presque toute harmonie, au point que sans la rime il serait méconnaissable, comme dans ces vers de Victor Hugo (*Légende des Siècles*).

> Le roi Blas a jadis eu d'Inès la matrulle
> Deux bâtards, ce qui fait qu'à cette heure l'on a
> Gil, roi de Luz, avec Jean, duc de Cordona.

Des remarques analogues s'appliqueraient à l'hiatus si fréquent dans les poèmes du Moyen âge. La remarque de Boileau sur la versification est vraie en général et n'est pas démentie par l'histoire littéraire.

On peut regretter que Boileau n'ait pas écrit quelques vers sympathiques sur le fond de la poésie du Moyen âge, pour corriger la sévérité de son jugement sur la forme ; mais cela eut excédé les bornes de son sujet ; il eut enfreint le premier de ses préceptes : « Qui ne sait *se borner* ne sut jamais écrire. »

V

Jugement sur Villon.

Destinée littéraire de Villon. — Diverses méthodes critiques appliquées aux poésies de Villon. — La critique dogmatique et la critique historique. — Pourquoi l'histoire littéraire réclame en faveur de Rutebœuf, d'Eustache Deschamps, d'Olivier Basselin, d'Alain Chartier, de Christine de Pisan, de Charles d'Orléans. — Villon et Charles d'Orléans.

> Villon sut le premier, dans ces siècles grossiers
> Débrouiller l'art confus de nos vieux romanciers.

Villon a fait école, non seulement depuis Boileau, mais depuis le commencement du seizième siècle. En 1533, Marot réédite ses œuvres et le reconnaît pour son maître. La Renaissance ne lui est cependant pas favorable. Pasquier et la Pléiade le condamnent. En revanche, Régnier s'avoue son disciple ; au dix-septième siècle, Boileau le cite comme le premier en date des vrais poètes français ; Patru le loue, La Fontaine l'étudie ; au dix-huitième siècle, Voltaire l'imite. De nos jours il a eu un regain de faveur avec le romantisme. Théophile Gautier le met en tête de ses grotesques ; Sainte-Beuve, Saint-Marc Girardin, Nisard, Géruzez, Demogeot, Genin s'accordent à reconnaître sa valeur et son originalité. Pourtant quelques critiques, entre autres Villemain, ont protesté contre le jugement de Boileau et ont voulu substituer Charles d'Orléans à Villon. D'autres, enfin, ont réclamé une mention pour Eustache Deschamps, Olivier Basselin, Christine de Pisan et Alain Chartier, ses contemporains.

Cette destinée littéraire de Villon va nous offrir une nouvelle occasion de noter les variations du goût depuis Boileau. — Tout le monde s'accorde à reconnaître le génie de l'auteur du Petit et du Grand Testament; mais l'entente n'existe plus sur les causes de l'admiration qu'il inspire et sur la place qu'il doit occuper dans une histoire de la poésie française. Deux questions se posent : 1° Villon est-il le père de notre poésie, comme Corneille celui de notre théâtre ; 2° Son originalité consiste-t-elle à avoir introduit l'art, la mesure et le goût dans la poésie, à avoir su mettre de l'ordre, de la régularité là où ne régnait que la confusion, à avoir « débrouillé » en un mot? Sur ces deux points, le dix-septième siècle et le dix-neuvième diffèrent complète-. ment. De quel côté se trouve l'erreur ? Faut-il donner à notre époque érudite une victoire facile, ou ne vaut-il pas mieux expliquer la diversité des jugements par la différence des points de vue auxquels Boileau et la critique contemporaine se sont placés ? En suivant cette dernière méthode, nous aurons à constater des opinions variées, mais vraies également. L'observateur placé sur un lieu élevé ne distingue pas les objets comme celui qui est dans la plaine. L'un aperçoit les grandes lignes, les points saillants et met sur le même plan ce qui est à ses pieds. L'autre juge mieux de ce qui l'entoure, mais ne voit pas aussi loin. Tous deux disent une partie de la vérité, mais non la vérité tout entière. La réunion seule de leurs observations peut l'exprimer. Boileau de même juge de haut, à la Descartes, au nom de la raison et de la méthode ; la critique moderne plus terre à terre juge au nom de l'histoire, de la psychologie et de la grammaire. Le premier ne tient compte que de la valeur absolue de l'œuvre sans souci de l'écrivain ni de son temps ; le second explique l'œuvre par l'écrivain et par les idées de son siècle : l'un est plus rationnel, l'autre plus humain ; celui-ci estime le mérite et les difficultés de la tâche, celui-là la valeur et le résultat. Ces deux méthodes ont chacune leurs qualités et leurs défauts. Boileau trop absolu dépasse parfois la vérité ; le critique moderne, oublieux des droits de la raison, n'exprime souvent que des jugements relatifs et manque par consé- quent de netteté. Villon a subi ces deux sortes de critiques.

On connaît l'opinion de Boileau sur la poésie du Moyen âge dont le grand défaut, à son avis, est de manquer en général de mesure, de goût et de vérité dans l'expression. Il eut volontiers prononcé à son endroit la terrible et laconique condamnation de Théodore de Banville sur l'inversion : Il n'en faut jamais, ou plutôt : Il n'en faut plus. Voulant, en effet, dans son Art poétique, proposer aux poètes à venir des modèles dont les qualités fussent toujours imitables, il ne pouvait pas, en bonne conscience, citer un représentant de cette poésie confuse. Seul, Villon, par son dédain de l'imitation des vieux roman- ciers, par son originalité propre dans la forme et dans le fond, marquait un âge nouveau où se reconnaissait l'esprit français dans ce qu'il a de plus essentiellement littéraire, la clarté, la modération, le goût. Villon est, en effet, novateur dans les idées et dans la forme. Les sentiments qu'il exprime, si personnels qu'ils soient, sont émi- nemment généraux, ce qui est bien le caractère de notre littérature classique. Le premier il a réalisé les préceptes de Boileau. Il a osé penser ce qu'un autre a pu penser comme lui. Ses joies et ses tristesses, ses amours et ses haines, ses regrets du temps passé et du temps perdu, ses pensées sur la vie et sur la mort, sont d'une vérité humaine et générale qui nous pénètre et nous émeut. Point n'est besoin de se faire une âme du quinzième siècle pour le comprendre ; il est près de nous, il est encore vivant. Pourrait-on en dire autant de nos vieux romanciers ? Villon, dans la partie de ses œuvres où la morale n'est pas trop en défaut, est classique et c'est là la suprême consécration d'un écrivain.

> Je plaings le temps de ma jeunesse
> Ouquel j'ai plus qu'autre gallé,
> Jusque à l'entrée de vieillesse
> Qui son partement m'a celé.
> Il ne s'en est à pied allé,
> N'a cheval : las ! et comment donc ?
> Soudainement s'en est vollé,
> Et ne m'a laissé quelque don.
>
> Allé s'en est, et je demeure,
> Pauvre de sens et de sçavoir,
> Triste, failly, plus noir que meure,
> Qui n'ay ne cens, rente, n'avoir ;
> Des miens le moindre, je dy voir,
> De me desadvouer s'avance,
> Oublyans naturel devoir,
> Par faulte d'ung peu de chevance.
>
> . . . .
>
> Bien sçay se j'eusse estudié
> Ou temps de ma jeunesse folle,
> Et à bonnes mœurs dédié,
> J'eusse maison et couche molle !
> Mais quoi ? je fuyoye l'escolle
> Comme faict le mauvais enfant...
> En escrivant cette parolle,
> A peu que le cueur ne me fend.

On sait où il va et ce qu'il veut dire. Ses pensées ne sont pas « d'un nuage épais toujours enveloppées » ; il « n'épuise pas un sujet » ; il n'a pas « l'abondance stérile ». Il « sait se borner », de chaque chose il ne prend que l'essence, ce qui faisait dire à Marot dans les conseils qu'il donnait aux jeunes poètes : « Suys d'avis..... qu'ils cueillent ses sentences comme belles fleurs. »

> Où sont les gratieux gallans
> Que je suyvoye au temps jadis
> Si bien chantans, si bien parlans,
> Si plaisans en faitz et en dietz ?
> Les uns sont mortz et roydis
> D'eulx n'est-il plus rien maintenant
> Respit ils ayent en paradis
> Et Dieu saulve le remenant !
>
> . . . .
> . . . .

Autre genre :

> Si tu n'as tant que Jacques Cueur
> Myeulx vault vivre soubz gros bureaux
> Pauvre, qu'avoir été seigneur
> Et pourrir soubz riches tombeaux.

Et la ballade des dames du temps jadis, Flora, Héloïs, la royne Blanche, Berthe,

> Et Jehanne la bonne Lorraine
> Qu'Anglais bruslèrent à Rouen ;
> Où sont-ils Vierge souveraine ?
> Mais où sont les neiges d'antan ?

Que de vers bien frappés et devenus proverbes ! Que de trouvailles heureuses !

> Mais où est le preux Charlemaigne ?

Et cet envoi d'une autre ballade :

> Princes à mort sont destinez
> Et tous autres qui sont vivans
> S'ils en sont coursez (fâchés) ou termez (tourmentés)
> Autant en emporte le vent.

Tous ces vers se gravent facilement dans la mémoire, et c'est le meilleur éloge qu'on en puisse faire. Marot raconte dans la préface qu'il mit en tête des poésies de Villon qu'il consulta « de bons vieillards qui en savaient par cueur ». Ajoutez à ces qualités, que, selon le précepte de Boileau, notre poète a su « varier ses discours » et allier « le plaisant au sévère » en parsemant le récit de son Grand Testament de ballades et de rondeaux où le rire se fait jour à travers les larmes, la mélancolie à travers la gaîté. Quant à la versification, elle est aussi correcte que possible ; la rime en général est très riche et pleine de sens. Les vers sont d'une belle venue, d'une allure franche et naturelle.

Malgré toutes ces qualités, des critiques modernes, par amour de la nouveauté et aussi par le secret désir de trouver le rigide Boileau en faute, ont protesté contre l'opinion qui fait dater de Villon la vraie poésie française. Et d'abord, on a rappelé Rutebœuf (1), *Eustache Deschamps, Olivier Basselin, Alain Chartier, Christine de Pisan*, enfin, *Charles d'Orléans*. Certes, ces poètes ne sont pas sans valeur, et on a eu raison de les tirer de l'oubli ; mais s'ils y étaient tombés, n'est-ce pas que leurs poésies le méritaient un peu, et n'avaient pas les qualités qui font les œuvres durables et que Boileau appréciait si bien ? Enfin, la faveur qui a accueilli ces vieux poètes avait-elle pour raison le seul goût littéraire ? Ne les a-t-on pas jugés par une autre méthode ? On sait la tendance de notre époque à étudier les œuvres littéraires par le côté historique et grammatical, à suivre, grâce à elles, l'évolution de notre langue, à retracer les sentiments et les pensées de nos ancêtres, à retrouver encore dans ces poèmes comme une image du présent. Ainsi les luttes de nos pères contre la noblesse et le clergé, les premiers accents du patriotisme sont l'objet d'une ardente sympathie ; et, plus l'auteur s'est fait l'écho des plaintes et des aspirations de son temps, plus il est estimé dans le nôtre. **Rutebœuf** est un poète plébéien, pauvre et toujours affamé ; il a souffert et il s'est vengé dans ses fabliaux contre les ordres privilégiés. Nobles chevaliers et barons, prélats, religieux et Saint-Siège ne trouvent pas grâce devant lui ; il est, par excellence, le poète populaire, le Villon du treizième siècle. **Eustache Deschamps** intéresse parce qu'il est satirique et patriote. Il est le représentant de ce parti national qui, sous Charles VI, avait voué une haine implacable à l'étranger et qui récriminait sans cesse contre les grands seigneurs en faveur du peuple mourant de misère et de faim. **Olivier Basselin** transforme ses joyeux vaudevilles, ses chansons à boire et ses chansons d'amour en violents sirventes contre l'Anglais envahisseur. La gloire **d'Alain Chartier** est d'avoir fait éclater le plus pur patriotisme dans son poème des Quatre Dames ; et celle de **Christine de Pisan**, d'avoir salué l'héroïque Jeanne d'Arc et d'avoir relevé le gant jeté aux femmes par Jean de Meung. — Il est nécessaire pour s'intéresser à ces poètes de parler de leur vie et des idées de leur époque ; leurs œuvres ne

(1) On a repris même plus haut, Thibaut de Champagne, XIIIe siècle.

suffisent pas par elles-mêmes à attacher. Quelques citations bien choisies font croire souvent que l'ensemble a de la valeur, et on s'arrête à cette opinion sans contrôle. Il serait d'ailleurs difficile de se rendre compte soi-même de ces allégations Songez, par exemple, que les doléances, conseils et satires d'Eustache Deschamps atteignent le chiffre de 80,000 vers et que leur moindre défaut est la prolixité; que dans Alain Chartier, l'emphase, l'érudition, l'allégorie déparent ce qu'il peut y avoir de hardi dans les conceptions; que Christine, enfin, mêle souvent les visions du Dante aux allégories de Guillaume de Lorris, et les souvenirs d'Homère et de Virgile aux sciences et à la politique du quinzième siècle. — Au point de vue de la versification, nous reconnaissons sans doute que Thibault de Champagne et Alain Chartier ont fait faire des progrès, le premier en alternant les rimes masculines et féminines, le second en faisant usage des rimes redoublées et en créant peut-être le rondeau; mais ces inventions n'ont pas de rapport avec le but que s'est proposé Boileau qui ne s'arrête qu'aux formes fixes et définitives pour en donner les règles. — Quant à **Charles d'Orléans**, Boileau n'est pas responsable de l'avoir oublié dans son Art poétique. Il ne pouvait pas en parler, puisque c'est seulement au dix-huitième siècle (1734) que l'abbé Sallier l'a fait connaître. Marot au seizième siècle ne le soupçonne pas. — La découverte des œuvres de ce poète royal a provoqué aussitôt une révision du jugement de Boileau : Villon fut le premier... L'abbé ne pouvait manquer de réclamer la place d'honneur pour celui dont il éditait les œuvres : c'était un poète royal, il devait être le roi des poètes. Au dix-neuvième siècle, vers 1840, M. Villemain prétend que la captivité de Charles d'Orléans nous a valu « le volume de poésie le plus original » du quinzième siècle, le premier ouvrage où l'imagination soit » correcte et naïve, où le style offre une élégance prématurée, où le » poète, par la douce émotion dont il était rempli, trouve de ces » expressions qui n'ont point de date et qui, étant toujours vraies, ne » passent pas de la langue et de la mémoire d'un peuple, (que) sans » doute, quelques empreintes de rouille se mêlent à ces beautés » primitives, mais (qu') il n'est pas d'étude où l'on puisse mieux » découvrir ce que l'idiome français, manié par un homme de génie, » offrait déjà de création heureuse. » Malgré ces éloges enthousiastes et quelque peu exagérés, nous n'hésitons pas à dire que Boileau, même s'il lui eût été donné de lire les poésies de Charles d'Orléans, n'eût jamais prononcé un tel jugement et dépossédé Villon de la place qu'il lui avait assignée. En effet, Charles d'Orléans continue les vieux romanciers et imite la poésie italienne. Il reproduit les allégories du *Roman de la Rose* et les concetti de Pétrarque que sa mère Valentine, de Milan, lui avait révélé dès le berceau. Il a fait éclore, il est vrai, les plus belles fleurs, et les plus délicates que pût produire la poésie du Moyen âge; il a de la malice, de l'enjouement, de la grâce, de la finesse; et même le principal mérite de ses petites pièces est le talent de la composition, ce dont Boileau lui eût peut-être tenu compte; mais il n'est pas créateur comme Villon qui exprime des sentiments personnels et généraux sans pétrarquiser et sans recourir aux froides allégories de Guillaume de Lorris. Voilà bien, en effet, les deux écueils qui eussent empêché Boileau de présenter jamais Charles d'Orléans comme un modèle. Le dix-septième siècle n'avait déjà que trop de tendance au raffinement de la pensée et du sentiment, et il importait beaucoup de ne pas engager dans cette voie, fût-ce au prix d'un sacrifice, les poètes nouveaux. Boileau eût porté sur Charles d'Orléans un jugement analogue à celui qu'il a exprimé sur Ronsard; il n'eût vu que ses défauts parce qu'il était utile et nécessaire de les faire ressortir au moment où il composait son Art poétique.

VI

Jugement sur Marot.

Étude critique des quatre vers sur Marot : ballades, triolets, mascarades, rondeaux. — Les chemins nouveaux ouverts par Marot.

> Marot bientôt après fit fleurir les ballades,
> Tourna des triolets, rima des mascarades :
> A des refrains réglés asservit les rondeaux
> Et montra pour rimer des chemins tout nouveaux.

Ces quatre vers ont donné lieu à maintes critiques quelque peu malveillantes. Les partisans mêmes de Boileau, par crainte d'avoir à constater de trop grosses erreurs, les ont passés sous silence. M. Nisard, dans son Histoire de la Littérature française, n'en parle pas, alors qu'il justifie les arrêts sur Villon, Ronsard, Desportes, Bertaut et Malherbe. On s'en tient toujours à ce vers isolé :

> Imitons de Marot l'élégant badinage.

Paul Albert (1) tranche brutalement la question en disant du jugement sur Marot qu' « il s'y trouve autant d'erreurs que de mots ».

Il s'agit ici d'une réhabilitation fondée sur une étude attentive du texte et sur l'histoire littéraire.

Et d'abord le premier vers,

Marot bientôt après fit fleurir les ballades,

n'a rien en soi d'offensant pour la mémoire de Villon et des autres poètes du Moyen âge. Boileau n'a jamais prétendu que Marot rendît les ballades populaires, elles l'étaient certes depuis longtemps et il le savait bien (2). Il a voulu seulement indiquer un progrès, une véritable renaissance de la ballade par le style si français, si net, si frais encore de Marot. Grâce à l'élégance et à l'esprit, grâce à la politesse du style, ce poète a rajeuni la vieille ballade. Certes on ne peut nier la valeur des ballades de Villon, mais n'est-il pas vrai que leur style archaïque empêche souvent de les lire ou du moins ne permet pas à tout le monde de les goûter? Marot, dans l'édition qu'il fit de son devancier, reconnaissait déjà « l'antiquité de son parler ». Que dire alors des autres poètes ses prédécesseurs? M. Théodore de Banville, dans son Traité de poésie française, voulant donner des exemples de ballades, en reproduit deux, l'une de La Fontaine et l'autre de Marot, et s'excuse ainsi de n'avoir pas emprunté ses exemples à Villon : « J'ai craint, dit-il, de créer à l'écolier des difficultés, en lui citant des ballades où le vieux langage, les rimes parfois pauvres ou étranges au point de vue moderne et les hiatus l'empêcheraient peut-être de voir clairement le dessin du poème. » S'il cite Marot, c'est donc que ses ballades, en subissant une transformation par le style, sont encore des nouveautés. Labruyère dit de même : « Marot par son tour et par son style semble avoir écrit depuis Ronsard : il n'y a guère entre ce premier et nous que la différence de quelques mots. » C'est bien alors un rajeunissement de la ballade que constate Boileau. Elle est avec Marot dans toute sa nouveauté, comme les fleurs au printemps et jamais expression ne fut ici plus juste ni plus gracieuse que celle de « *faire fleurir* » pour caractériser l'originalité de maître Clément dans ses ballades. Qu'on relise celles du frère Lubin, — de

_____

(1) Avec lequel il faut bien compter puisqu'il exerce par ses qualités brillantes une véritable influence sur la jeunesse.

(2) La ballade asservie à ses *vieilles* maximes.

s'amye bien belle, — contre celle qui fut s'amye et qui se vengeait en criant :

> Par la morbieu, voyla Clément,
> Prenez-le, il a mangé le lard.

Et celle-ci qu'il composa « du temps qu'il était au palais » dont voici deux couplets :

> Musicien à la voix argentine,
> Doresnavant comme un homme esperdu
> Je chanteray plus haut qu'une buccine :
> « Hélas ! si j'ay mon joly temps perdu ! »
> Puisque je n'ay ce que j'ay pretendu.
> C'est ma chanson, pour moy elle est bien due ;
> Or je voys veoir si la guerre est perdue.
> Ou s'elle picque ainsi qu'un herisson.
> Adieu vous dy, mon maître Jehan Grisson ;
> ... eu, Palais, et la porte Barbette,
> Ou j'ay chanté mainte belle chanson.
> Pour le plaisir d'une jeune fillette.
>
> . . . .
>
> . . . .
>
> Je quicte tout, je donne, je résigne
> Le don d'aymer, qui est si cher vendu.
> Je ne dy pas que je me détermine
> De vaincre Amour, cela m'est deffendu.
> Car nul ne peult contre son arc tendu.
> Mais de souffrir chôse si mal congrue.
> Par mon serment, je ne suis plus si grue,
> On m'a aprins tout par cueur ma leçon :
> Je crains le guet, c'est un mauvais garçon.
> Et puis de nuyct trouver une charrette;
> Vous vous cassez le nez comme un glaçon
> Pour le plaisir d'une jeune fillette.
>
> . . . .
>
> . . . .

Voltaire ne sera supérieur ni pour la grâce ni pour le tour à Marot qu'il saluera du reste comme son maître. Cette langue n'a pas vieilli; elle est encore pleine de jeunesse et de fraîcheur. Marot lu et compris de tous, Marot poète populaire, voilà en fin de compte ce que Boileau a indiqué en disant :

> Marot bientôt après fit fleurir les ballades.

Le second vers,

> Tourna des triolets, rima des mascarades

ne paraît pas avoir été compris. Boileau a noté par là deux faces nouvelles du talent poétique de Marot : d'une part le poète satirique de circonstance, de l'autre le poète de cour ou le poète officiel.

Le premier hémistiche « tourna des triolets » provoque une objection. Les œuvres de Marot ne renferment pas un seul triolet. Comment Boileau a-t-il pu juger ce qui n'existe pas ? Voici, croyons-nous, l'explication qu'on en peut donner.

Les « triolets », poésies fugitives, bonnes pour la satire et l'épigramme, sont des chansons d'à-propos et d'actualité ; et, comme toutes les chansons de circonstance tombent vite dans l'oubli. L'auteur, à moins qu'il ne cultive spécialement ce genre, ne songe pas à les recueillir, il les laisse vivre ce qu'elles peuvent. Marot dans le Temple de Cupidon, s'exprime ainsi à leur sujet :

> Ovidius, maistre Alain Charretier,
> Pétrarque, aussi le Roman de la Rose,
> Sont les messelz, bréviaire et psaultier
> Qu'en ce sainct temple *on lit*, en rithme et prose :
> Et les leçons que *chanter* on y *ose*,
> Ce sont rondeaux, ballades, virelotz,
> Mots à plaisir, rithmes et *triolets*

Ce sont donc des chansons qu'il faut « *oser chanter* ». — « Le triolet, » dit M. de Banville, est une des conquêtes de notre temps, qui non » seulement l'a renouvelé et se l'est assimilé, mais qui lui a donné un » mouvement, une force comique et un éclat qu'il n'avait jamais eu » autrefois. » Il est peut-être hardi d'affirmer que ce poème, aujourd'hui une des formes favorites des badinages de la presse, n'ait jamais été bien cultivé. Sans doute, nous n'en avons que peu d'exemples, mais cela tient précisément à ce que le triolet ne s'adresse qu'aux personnages du moment et aux diverses actualités ; il est par nature éphémère. Les rares exemples qu'on en a ont été reproduits et conservés par les mémoires, les lettres, les chroniques du temps, comme celui-ci :

CONTRE LE CARDINAL DE RETZ

> Monsieur notre Coadjuteur
> Vend sa crosse pour une fronde :
> Il est vaillant et bon pasteur,
> Monsieur notre Coadjuteur !
> Sachant qu'autrefois un frondeur
> Devint le plus grand roi du monde,
> Monsieur notre Coadjuteur
> Vend sa crosse pour une fronde.

Le triolet est donc une épigramme en chanson, toujours piquante, mordante même souvent. Marot, plus que tout autre, dut avoir l'occasion d'en composer contre ses persécuteurs; et, dans la première édition de ses œuvres qu'il publia en 1532, c'est-à-dire au moment même où il avait affaire au Parlement pour cause d'hérésie, il se garda bien de les reproduire, ainsi que dans les éditions suivantes dont la dernière qu'il ait revue est de 1538 (édition de Dolet, Lyon). S'il fallait « oser chanter » ces triolets, il était autrement audacieux de les faire imprimer. Le souvenir des blessures qu'il fit au moyen de ces petits poèmes dut être assez vivace encore au temps de Boileau pour que celui-ci le rappelât dans son Art poétique et il faudrait en ce cas lui en savoir gré. Il a rendu hommage au poète satirique de circonstance et à un genre dont il a cultivé lui-même une des formes les plus élevées. Il ne pouvait pas non plus, avec ses instincts monarchiques, passer sous silence le poète de cour ou le poète officiel. Marot « *rima des mascarades* ».

Les mascarades sont des poésies officielles sur les événements de la cour. Ronsard et *Desportes* publieront plus tard des poésies de ce genre sous le titre de *Mascarades*. Celles de Marot ne sont pas classées sous ce nom. Elles sont réunies sous le titre de *Chants divers*. Sa position à la cour de François Ier l'obligeait, comme plus tard Molière sous Louis XIV, à fabriquer des pièces de circonstance, non plus cette fois satiriques, mais adulatrices. Les mascarades eurent surtout la vogue sous Henri III qui jouait lui-même un rôle dans celles du Carême-prenant. On en composait à l'occasion de mariages, de naissances, de visites de princes étrangers et surtout de tournois. C'étaient alors des « cartels » quelquefois sous forme de sonnets, de rondeaux adressés au roi ou a la reine, au dauphin, ou encore à une demoiselle de la part d'un chevalier. En voici deux exemples de Ronsard, que nous ne citons pas pour leur élégance, mais qui donneront une idée du genre.

MASCARADE

Las ! pour avoir aimé trop haut
Et n'avoir pas servy comme il faut.
Amour, ce tourment nous accorde
De nous battre le sein de coups,
Et vous crier à deux genoux
Mercy, pardon, miséricorde.

CARTEL POUR LE ROI HENRI III
Sonnet pour chanter à une mascarade (*sic*).

Si les guerriers s'esmeuvent pour les dames
Ayez pitié de douze que voicy,
Qui sur le front ont pourtrait le soucy,
Le dueil aux yeux et l'ennuy dans les âmes :

C'est grand horreur de voir ces pauvres femmes
En noir habit qui se plaignent ainsi
De ces guerriers dont le cœur endurcy
Passe en rigueur les rochers et les flammes :

Celui qui peut des dames offenser
Fait honte au ciel, et s'il ne veut penser
Qu'un Dieu vengér des pechez se courrouce,

De sur son front son vice est apparent,
Car quel péché peut-on faire plus grand
Que d'offenser une chose si douce.

Ronsard a composé ainsi vingt-trois pièces de quatre vers, cinq cartels, deux sonnets et trois autres petits poèmes qu'il a réunis sous le titre de mascarades.

La mascarade n'a donc pas de forme fixe. C'est tantôt un huitain, un sonnet, un rondeau, tantôt un cantique, un chant royal (1), une ballade, des stances. Ce sont bien des « chants divers » et c'est sous ce nom que Marot a recueilli ses poésies officielles. Or, quel autre mérite peut avoir une poésie officielle, sinon celui d'être *bien « rimée »*? C'est ce mérite qu'a reconnu Boileau en disant que Marot « *rima des mascarades* ». On peut le remarquer par cette seule strophe d'un « Chant de joye, au retour d'Espaigne de Messeigneurs les enfants » (1530).

Ils sont venuz, les enfans désirez ;
Loyaulx François, il est temps qu'on s'appaise ;
Pourquoy encore pleurez et souspirez ?
Je l'entens bien : c'est de joye et grand aise.
Car prisonniers (comme eulx) estiez aussi.
O Dieu tout bon, quel miracle est cecy ?
Le Roy voyons et le peuple de France
En liberté, et tout par une enfance
Qui prisonnière estoit en fortes mains.
Or en est hors, c'est triple délivrance :
Gloire à Dieu seul, paix en terre aux humains.

Le troisième vers,

» A des refrains réglés asservit les rondeaux. »

(1) Composé de strophes de onze vers et d'un envoi.

a valu à Boileau de dures critiques. On l'a accusé d'ignorer que Villon et les autres poètes précédents eussent composé des rondeaux et des rondeaux parfaits. Il eut pourtant suffi pour disculper Boileau de connaître une « *Response de Marot à un rondeau qui se commençoit :* « *Maistre Clément, mon bon amy* », c'est-à-dire une réponse à un rondeau trop facilement fait, qu'on lui avait adressé. La difficulté du rondeau consiste en effet à bien ramener le « refrain ». Les premiers mots du rondeau forment ce refrain qu'on place après le tercet et à la fin du rondeau. Il est donc évident qu'un rondeau commençant par « *Maistre Clément, mon bon amy* », et ayant *pour refrain* : « *Maistre Clément* », un simple vocatif, n'est pas ce qu'on peut appeler un bon rondeau. La difficulté qui consiste à trouver un bon refrain est éludée. Le premier venu en ferait autant.

Marot répondit à ce « bon amy » :

> En un rondeau, sur le commencement,
> Un vocatif, comme « Maistre Clément »
> Ne peut faillir l'entrer par huys ou porte [1] :
> Aux plus sçavans poètes m'en rapporte,
> Qui d'en user se gardent sagement.
>
> Bien inventer vous fault premièrement,
> L'invention deschiffrer proprement
> Si [2] que raison et rythme ne soit morte
>   En un rondeau.
>
> Usez de mots reçus communément,
> Rien superflu n'y soit aucunement,
> Et de la fin quelque bon propos sorte,
> Clouez tout court, rentrez de bonne sorte,
> Maistre passé serez certainement
>   En un rondeau.

Marot donnait ainsi la règle du rondeau et l'asservissait à des refrains réglés, comme dit Boileau. Sur ce point, ce dernier a entièrement raison. Il reconnaissait dans les conseils de Marot un de ses préceptes : faire difficilement des vers faciles, dont l'équivalent est ici : faire difficilement des rondeaux faciles.

Enfin on a trouvé faux ce dernier jugement sur Marot :

> Et montra pour rimer des chemins tout nouveaux.

Le verbe « rimer » n'avait pas au dix-septième siècle le sens étroit

[1] C'est-à-dire ne peut manquer de trouver sa place.
[2] De sorte que.

que nous lui donnons aujourd'hui. Il signifiait faire une œuvre
poétique (tragédie, comédie, épopée, satire, élégie, épigramme, etc...)
Au seizième siècle on disait rime et prose. — Boileau veut dire que
Marot montra en poésie des chemins tout nouveaux. Et ici encore, il
faut s'entendre sur le sens de « nouveaux » qui ne signifie pas
« inventés , créés », mais plutôt repris, *renouvelés*, c'est-à-dire imités
de l'antiquité, et ces genres renouvelés sont l'épître, l'élégie, l'épigramme, l'églogue. « Marot, dit Pasquier, fit plusieurs œuvres tant
» de son invention que traduction avec un très heureux génius : mais
» entre ses inventions, je trouve le livre de ses épigrammes très
» plaisant. » En un mot, Marot ouvre la Renaissance et tout l'honneur
lui en revient plutôt qu'à Ronsard. Et il est à remarquer, à ce propos,
que Boileau restait en pleine tradition gauloise et française quand il
louait Marot d'avoir frayé une voie nouvelle en retrempant le génie
national aux sources de l'antiquité. Marot n'est-il pas en effet par le
style, la naïveté, la grâce et la clarté, le dernier des poètes du Moyen
âge et son imitation des anciens, intelligente et mesurée, n'en fait-elle
pas le premier poète de la Renaissance? Ronsard qui le suivit n'est-il
pas venu greffer des rameaux étrangers trop puissants sur les
branches du vieux tronc gaulois qui commençait à reverdir et à
renaître avec Marot? Ceux qui regrettent la réforme du chef de la
Pléïade comme ayant fait dévier l'esprit national de sa véritable voie
en l'absorbant presque tout entier dans l'esprit antique, au lieu de le
laisser sagement se guider par lui, n'ont pas l'air de penser que
Boileau qu'ils condamnent, les avait devancés sur ce point, et que
tout admirateur qu'il fût de l'antiquité, il restait, au fond, français
d'esprit et gaulois d'allures. S'il admettait l'imitation de l'antiquité,
il entendait par là l'imitation des genres que la poésie du Moyen âge
ne connaissait pas. Prendre aux anciens leurs cadres, leurs formes
littéraires et rester soi-même pour le fond, voilà ce que souhaitait
Boileau et l'originalité qu'il reconnaissait à Marot. Les genres de notre
vieille poésie, chansons, romans, fabliaux, ballades, rondeaux, etc...
avaient fait ou commençaient à avoir fait leur temps. Pour exprimer
des idées nouvelles et des besoins nouveaux, produits de la maturité
de l'esprit et de la raison, il fallait des cadres nouveaux, plus grands
et plus puissants. Marot commença cette révolution en reprenant de
l'antiquité grecque ou latine, l'épigramme, l'élégie, l'épître, l'églogue;
en traduisant Lucien, Ovide, Virgile, Martial. En même temps, il
ouvrit le chemin de l'antiquité chrétienne par sa traduction « en
rithme françoise, selon la vérité hébraïque » des psaumes de David, et

par ses Oraisons. Il restait sans doute assez à faire à Ronsard en ce qui concerne les grands genres, mais il n'en est pas moins vrai que Marot montra en poésie des « chemins tout nouveaux » *alors* et que le jugement de Boileau garde toute sa justesse (1).

VII

Jugement sur Ronsard.

Oubli de Saint-Gelais. — Historique de la question Ronsard. — La condamnation de ce poète prononcée bien avant Boileau. — Pourquoi ce dernier ne parle que des défauts de Ronsard. — Causes générales de sa sévérité. — Discussion de son jugement. — Ronsard et les Romantiques. — Pourquoi ceux-ci ne parlent que de ses qualités. — Méthodes diverses de critique. — Fénelon a dit le dernier mot sur la question.

On ne peut faire un reproche à Boileau d'avoir oublié Mellin de Saint-Gelais, un Marot affaibli, ou d'autres poètes de l'école de Marot, puisqu'il est bien entendu que ce n'est pas une histoire mais un traité de poésie qu'il écrit, et qu'en citant des poètes il a pour but de donner des exemples à suivre ou de mettre en garde contre l'imitation de ceux qu'un engouement indiscret porterait à prendre comme modèles. Or Ronsard est de ces derniers :

> Ronsard, qui le suivit, par une autre méthode,
> Réglant tout, brouilla tout, fit un art à sa mode,
> Et toutefois longtemps eut un heureux destin;
> Mais sa Muse en français parlant grec et latin,
> Vit, dans l'âge suivant, par un retour grotesque,
> Tomber de ses grands mots le faste pédantesque.
> Ce poète orgueilleux trébuché de si haut.....

Le jugement n'est pas flatteur; et, disons-le tout de suite, il ne peut être pris pour un arrêt définitif, car il est incomplet. Il n'exprime que les défauts de Ronsard sans rendre justice à ses qualités. Mais du moins, il est permis de justifier Boileau et jusqu'à un certain point de l'approuver d'avoir eu le courage de trancher une question qui menaçait de dérouter la littérature du dix-septième siècle en

---

(1) Boileau a jugé dans Marot le poète populaire, le poète satirique, le poète officiel, l'homme de goût et le novateur.

l'empêchant de prendre la direction qui devait lui imprimer son caractère particulier de raison et de logique, et en faire notre littérature classique.

Aujourd'hui que les passions de l'école romantique sont éteintes, que l'on a en mains les pièces du procès, que l'on connaît les opinions émises sur Ronsard au nom de la raison, de l'imagination et du sentiment, il est facile de faire la part des responsabilités. Jusqu'ici, en effet, on avait rendu Boileau responsable de l'oubli de deux siècles dans lequel était tombé le chef de la pléiade. L'histoire littéraire mieux connue le relève de cette accusation. La lutte contre l'école de Ronsard date du jour de son apparition. En 1552, Mellin de Saint-Gelais se moque du style ampoulé et des obscurités de l'imitateur de Pindare ; en 1553, Muret s'élève contre l'arrogance de ces « acrêtés (à crête) mignons » dont l'un reprenait Ronsard « de se trop louer, l'autre d'écrire trop obscurément, l'autre d'être trop audacieux à faire de nouveaux mots. » En 1555, Pasquier avertissait ses amis qu'ils faisaient fausse route, que ce qui avait été un noble essor devenait une fureur, une manie « singeresse » pour la foule des écoliers. — Au dix-septième siècle, Malherbe, novateur à son tour, biffe entièrement son devancier ; Balzac ne l' « estime grand que dans le sens de ce vieux proverbe, *magnus liber, magnum malum* ». En 1640, Chapelain, si judicieux quand il écrivait en prose (1), le trouve « sans art », en dépit des éloges qu'il lui décerne, et il ajoute : « Ce n'est qu'un maçon de poésie, il n'en fut jamais architecte. » Mlle de Scudéry, si flatteuse pour lui, déclare dans sa Clélie 1656 « qu'il ne pourra donner à ses ouvrages la perfection nécessaire pour être loués longtemps. » Arnauld, dans sa haine du paganisme, dit que « c'est un déshonneur à notre nation d'avoir estimé les pitoyables poésies de Ronsard ». Le P. Bouhours, 1671, ne regarde son œuvre que comme une « ébauche ». La Fontaine lui préfère Malherbe et Racan. La sentence était donc depuis longtemps rendue *sur les défauts* de Ronsard quand Boileau, en 1674, s'avisa de dire ce qu'il en pensait. Il n'a fait ici comme ailleurs que donner le coup de grâce et que sanctionner l'opinion générale. Pourquoi n'a-t-il pas enregistré le bon comme le mauvais ? Aussi bien l'opinion était faite *sur les qualités* de Ronsard. On louait la générosité de son entreprise, sa verve, son enthousiasme, l'élévation de ses pensées et de son style, son élégance et sa « doctrine ». Montaigne, le Tasse l'admiraient. Dorat l'appelait l'Homère de la France ; Mlle de Scudéry, le

---

(1) (Il se tue à rimer, que n'écrit-il en prose ?)

prince des poètes ; on lui faisait enfin le plus grand mérite d'avoir retrempé la poésie aux sources antiques. Pourquoi donc Boileau s'est-il contenté de cette vague constatation ?

> Et toutefois longtemps eut un heureux destin.

C'est qu'en faisant la moindre concession de ce côté, il eut craint, comme Pasquier, la manie singeresse des poètes de son temps ; c'est qu'il voulait une littérature de raison et non d'imagination ; c'est qu'en réalité à prendre l'œuvre elle-même de Ronsard sans la considérer dans ses effets généraux, le mal l'emporte de beaucoup sur le bien, et qu'en somme, comme le disait Bouhours, ce n'est là qu'une ébauche et non pas un modèle, c'est qu'enfin cette antipathie de Boileau a des causes plus profondes.

Il est à remarquer, en effet, que l'admiration pour Ronsard s'adresse plus à l'homme qu'à l'œuvre. On tient plus de compte de ses efforts que de ses succès. On regarde son but, on ne se préoccupe pas des moyens qu'il a employés pour l'atteindre. Or, Boileau ne compte l'effort et le but pour rien ; il ne voit que le résultat. Il en est même fort surpris pour Ronsard « trébuché de si haut » ; mais comme il est avant tout dogmatique, il ne peut pas exprimer des jugements relatifs, et son impitoyable raison, son amour du vrai le forcent à voir la réalité et à être absolu comme elle. Peut-être l'a-t-il exagérée ? C'est que les circonstances au milieu desquelles il a composé son Art poétique l'y contraignaient ; c'est qu'il lui fallait être à la fois avocat et juge, législateur du Parnasse et satirique, censeur des mauvais poètes et arbitre du bon goût. Il devait donc mêler au dogme la polémique, grossir de temps en temps la voix comme un maître d'école et devenir vraiment « le régent du Parnasse ». Et c'est ainsi que dans un accès de mauvaise humeur, mais partant d'un bon esprit, il a dit à ceux qui suivaient les traces de Ronsard que ce poète :

> Réglant tout, brouilla tout, fit un art à sa mode.

On aurait tort de prendre ce vers au pied de la lettre. Boileau qui ressemble un peu à Alceste dans sa haine contre « les méchants écrivains », a parfois la brutalité du bon sens. Il lui arrive de donner à ses jugements une tournure satirique et de penser plus aux lecteurs de son temps qu'à ceux de la postérité. Pour être équitables, à notre tour, nous devons dégager la vérité contenue dans la satire. — La vérité, est qu'il manquait à Ronsard les qualités essentielles que

Boileau exige de quiconque se mêle d'écrire en vers, à savoir le bon
sens, l'art, la méthode. Par instinct plutôt que par raison, Ronsard
avait compris que l'étude de l'antiquité devait renouveler et faire
renaître notre littérature ; mais quand il en vint à l'application, il
n'eut pas la vue nette des difficultés ; il lui manqua le sens de la
réalité, la modération, la mesure, le bon sens en un mot. Au lieu
d'imiter les Grecs et les Latins d'une manière originale, c'est-à-dire
en restant français, il les copia, les pilla même avec conscience,
comme le conseillait Joachim du Bellay. Au lieu d'écouter son cœur et
sa raison, il n'obéit qu'à sa mémoire et à son imagination. Au lieu de
penser par lui-même, de prendre des sujets dans la réalité, il préféra
penser d'après les anciens. Si, par exemple, dans ses sonnets il chante
Cassandre et Marie, il met à contribution toute la mythologie sans
laisser parler son propre cœur. Enfin, il ne se contente pas de mal
étudier les anciens, il imite encore les concetti de Pétrarque, ce qui
constituait un nouveau grief aux yeux de Boileau. Voilà les raisons qui
doivent, ce semble, justifier ce dernier de sa sévérité. Il était nécessaire
qu'il condamnât Ronsard en général. — Quant aux raisons qu'il a
données lui-même de son jugement, sont-elles aussi bien fondées ?

> Mais sa muse en français parlant grec et latin
> Vit dans l'âge suivant, par un retour grotesque,
> Tomber de ses grands mots le faste pédantesque.

On ne les a pas toujours bien interprétées. Les mêmes préoccupations qui avaient fait juger au point de vue de la versification ce vers
sur Marot, « Et montra pour *rimer* des chemins tout nouveaux », ont
fait croire, d'une manière analogue, qu'il s'agissait ici de questions
grammaticales, et Boileau a été accusé d'être l'ennemi des néologismes,
comme si le disciple d'Horace pouvait penser autrement que lui sur
ce point. Mais Boileau n'est ni métricien, ni grammairien, il est littérateur ; et quand il dit que Ronsard a eu tort de parler « en français,
grec et latin », il n'entend pas le blâmer d'avoir forgé pour s'exprimer
en français des mots tirés du grec et du latin (1). — Que penser à ce
compte de Rabelais et de Montaigne ? — Mais il le blâme d'avoir rempli
ses vers d'allusions et de fables mythologiques la plupart inconnues
au vulgaire, d'avoir employé des épithètes dites homériques, des tour-
nures, des périphrases antiques contraires au génie français, d'avoir
farci ses vers d'érudition, de grands mots pompeux et pédantesques,

(1) Qui sont du reste fort peu nombreux dans Ronsard.

de s'être enfin approprié l'esprit des Latins et des Grecs en abdiquant sa propre nature et en ne devenant intelligible qu'aux seuls savants, aux seuls initiés. C'est bien la, en effet, ce qui rend la lecture de Ronsard souvent fastidieuse. Parle-t-il de ses amours pour Cassandre, Marie ou Hélène, dans ses sonnets, dans ses odes, dans ses élégies, dans ses églogues? Il passe en revue les histoires de Jupiter, de Junon, de Vénus, de Mars, etc...; il fait défiler tout le cortége des Muses et des Nymphes, des divinités terrestres et infernales, les actions de Pâris, de Ménélas, d'Hector, d'Achille, d'Ajax, d'Enée, les exploits d'Alexandre et de César... Voilà ce que le lecteur qui ne s'attache qu'au fond est obligé de subir avant de rencontrer une note vraie et qui parte du cœur, comme dans cette jolie strophe, gâtée aussitôt par la suivante :

> Quand je vous diray : Mignonne
> Approchez-vous qu'on me donne
> Neuf baisers tout à la fois :
> Donnez m'en seulement trois
>
> Tels que Diane guerrière
> Les donne à Phœbus son frère
> Et l'Aurore à son vieillard.....
>
> . . . .

Conseille-t-il à sa maîtresse Hélène de jouir de ses belles années, il débutera :

> Celle de qui l'Amour vainquit la fantaisie,
> Que Jupiter conceut sous un cygne emprunté :
> Ceste sœur des Jumeaux, qui fit par sa beauté
> Opposer tout Europe aux forces de l'Asie.....
>
> . . . .

L'ode au chancelier de l'Hospital qui fut proclamée comme un chef-d'œuvre est d'un bout à l'autre presque incompréhensible. Voici la première strophe, une des meilleures :

> Errant par les champs de la Grâce
> Qui peint mes vers de ses couleurs.
> Sur les bords Dircéans j'amasse
> L'eslite des plus belles fleurs,
> Afin qu'en pillant je façonne
> D'une laborieuse main
> La rondeur de cette couronne
> Trois fois torse d'un ply Thébain.
> Pour orner le haut de la gloire
> De l'Hospital, mignon des Dieux,
> Qui çà bas ramena des cieux
> Les filles qu'enfanta Mémoire.

C'est ainsi que Boileau reprochait à Ronsard de parler grec en français. Il était d'accord en cela avec Chapelain qui n'admettait pas non plus que ce poète eût voulu « introduire dans tout ce qu'il faisait » en notre langue tous ces noms de déités grecques qui passent au » peuple pour qui est fait (sic) la poésie pour autant de galimatias, » de barbarismes et de paroles de grimoires », ajoutant que « c'est là un défaut de jugement insupportable de n'avoir pas songé au temps où il écrivait. » Boileau n'a donc pas commis d'erreurs sur les défauts de Ronsard, il s'est seulement abstenu de parler de ses qualités, et l'on sait pour quelles raisons. Il nous est facile à nous modernes de protester contre son jugement, aujourd'hui que le meilleur de Ronsard, grâce à des extraits, grâce à l'édition de Sainte-Beuve 1828, nous est connu. Mais songez qu'au dix-septième siècle, c'est dans un fouillis de dix volumes ou dans de gros in-folio qu'il fallait rechercher ces pièces délicieuses comme : Mignonne, allons voir si la rose... ou Quand vous serez bien vieille... etc... Comment indiquer au public ce qu'il fallait goûter, ce qu'il fallait rejeter ? Tout le bagage littéraire de Ronsard, pour ce qui est de l'excellent, tient dans un petit volume. Au dix-septième siècle on ne connaissait pas les « morceaux choisis (1). » Boileau dut aller droit son chemin, et, le mauvais l'emportant sur le bon, condamner l'œuvre en bloc. Là-dessus les modernes l'ont fort maltraité et ont essayé de prendre leur revanche. Mais la réhabilitation qu'ils ont tentée n'infirme en rien le jugement de Boileau, elle ne fait que le compléter. Ici reparaît l'éternel conflit entre la raison d'une part, le sentiment et l'imagination de l'autre, puis entre le fond et la forme.

Boileau avait jugé les poésies de Ronsard au nom de la raison et de l'évidence, et, pour le fond, il les avait condamnées. L'école romantique a suivi dans son appréciation une méthode diamétralement opposée. Elle institue juges souverains, à la place de la raison, l'imagination, le sentiment, les sens. La forme est mise au-dessus du fond: Qu'en est-il résulté ? Autant Boileau avait rabaissé Ronsard, autant les romantiques l'ont exalté. M. Théodore de Banville, leur champion, explique à merveille cette réaction et la personnifie en quelque sorte dans l'étude qu'il a consacrée à Pierre de Ronsard : « Le goût, dit-il, le naturel sont de belles choses assurément, moins » utiles qu'on ne le pense à la poésie. Elle vise à émouvoir le cœur et » les sens, bien plus qu'à satisfaire l'esprit... La différence reste chez

(1) Dans le sens moderne de morceaux de *choix* ; car les *recueils* de vers ne manquaient pas.

» nous si grande et si absolue entre la langue parlée et la langue
» chantée, que ce qui est dans l'un des genres une qualité précieuse,
» devient dans l'autre une infirmité. Ronsard n'a pas connu le doute
» railleur, l'esprit incisif et ironique, il est tout enthousiasme, et par
» cela même il prouve qu'il est né poète... Il eut la grecque fureur,
» l'amour de Dieu, l'enthousiasme de la gloire, une âme pindarique
» plus que ses œuvres. » Donc, la poésie ne doit pas se préoccuper
du goût, du naturel, de la satisfaction de l'esprit, elle ne vise qu'à
toucher le cœur et les sens. C'était déclarer qu'elle consiste tout
entière dans le mouvement des vers et des strophes, dans la richesse
du style, dans l'abondance de la phrase, dans le nombre de la période.
Ainsi étudié Ronsard reprenait sa place d'honneur, et il faut avouer
que, par ce côté, il a été vraiment créateur, c'est-à-dire poète. Et
c'est bien ainsi que Sainte-Beuve en 1855 expliquait la publication
d'un Choix des poésies de P. de Ronsard qu'il avait faite en 1828. « Il
» était possible encore, dit-il, dans l'ensemble confus des poésies
» oubliées de cette époque (quinzième siècle), de recueillir à première
» vue et de faire goûter une certaine quantité de pièces vives, neuves,
» d'un rythme ferme et varié, d'une couleur charmante.... Enrichir
» la palette de quelques tons agréables à l'œil, ajouter quelques notes
» aux accents connus, quelques nombreux couplets aux rythmes en
» usage, justifier surtout par des exemples retrouvés à propos ce
» qu'osaient d'instinct les poètes novateurs de notre temps, renouer
» la tradition sur un point où l'on n'avait signalé jusque-là que des
» débris, c'était mon ambition la plus haute. »

Cette réaction eut de bons effets. Elle mit en lumière les réelles
qualités du poète de la pléiade et que nul désormais ne saurait méconnaître, depuis que Victor Hugo reprenant les rythmes inventés
par Ronsard, a montré quels éclatants services ils pouvaient rendre
à notre poésie. Qu'on essaye de négliger le sens des vers suivants de
Ronsard, pour n'écouter que leur cadence et leur harmonie :

> Mémoire, royne d'Eleuthère,
> Par neuf baisers qu'elle receut
> De Jupiter qui la fit mère,
> D'un seul coup neuf filles conceut.
> Mais quand la lune vagabonde
> Eut courbé douze fois en rond
> Pour r'enflamer l'obscur du monde:
> La double voûte de son front.
> Mémoire de douleur outrée
> Dessous Olympe se coucha,

> Et criant Lucine, accoucha
> De neuf filles d'une ventrée.

Le mouvement, surtout depuis « Mais quand la lune... » n'est-il pas bien marqué ; n'est-ce pas là un cadre admirable qui n'attend que l'expression d'un sentiment vrai et humain pour avoir toute sa force et toute sa beauté ? L'harmonie, le nombre, la richesse du vocabulaire sont les qualités permanentes de Ronsard. Quelque sujet qu'il traite, mythologique, érudit ou précieux, il donne toujours à ses vers cette allure cadencée et musicale (1) que nous venons d'y remarquer. De cette révolution dans la forme, il est résulté une élévation de ton qui rendait la poésie française singulièrement capable d'exprimer les idées les plus nobles et les plus élevées que peuvent inspirer la religion, la patrie, la famille, sources de la poésie lyrique. Ronsard a créé l'ode et c'est là son meilleur droit à l'admiration des romantiques. Il a inventé le style soutenu dont Michelet lui fait à tort un reproche, puisque ce style nous a valu les œuvres vigoureuses de Corneille et de V. Hugo. Il a rompu avec l'air de naïveté de la poésie du Moyen âge et donné à notre littérature poétique cet air de virilité et de grandeur qui l'ont rendu l'égale des littératures anciennes. Voilà l'originalité et la nouveauté de Ronsard. Boileau est-il coupable de n'en avoir rien dit ? Non, puisque précisément le goût, le naturel, la satisfaction de l'esprit, le fond, sont, à son sens, les premières et indispensables conditions de la poésie et que sans elles, sa raison lui défend de tenir compte de l'harmonie des vers. Il était trop absolu, dira-t-on, mais l'école romantique était encore plus intolérante, puisque pour elle la forme était tout.

Ces deux manières de considérer l'œuvre de Ronsard sont également vraies ; mais l'une et l'autre sont incomplètes. Il semble qu'en les réunissant on aurait un jugement assez proche de la vérité. Fénelon a dit, sur cette question, le dernier mot et Sainte-Beuve s'est rallié à son opinion. Nous ne pouvons mieux faire que de la reproduire : « Ronsard avait trop entrepris tout à coup. Il avait forcé notre langue » par des inversions trop hardies et obscures... Il parlait français en » grec (2) malgré les Français eux-mêmes... Il n'avait pas tort, ce me » semble, de tenter quelque nouvelle route pour enrichir notre langue, » pour enhardir notre poésie, et pour dénouer notre versification » naissante... Mais en fait de langue on ne vient à bout de rien sans

___

(1) Soit par la place des mots, soit par la nouveauté du rythme.
(2) C'est-à-dire il exprimait en français des idées grecques.

» l'aveu des hommes pour lesquels on parle. On ne doit jamais faire
» deux pas à la fois ; et il faut s'arrêter dès qu'on ne se voit pas suivi
» par la multitude... La singularité est dangereuse en tout... L'excès
» choquant de Ronsard nous a un peu jetés dans l'extrémité opposée... »
(Lettre à l'Académie française 1714). Ce jugement si sage, si mesuré,
paraît bien être définitif, puisque l'histoire littéraire l'a ratifié.

VIII

Jugement sur Desportes et Bertaut.

*Interprétation de M. Nisard. — Est-elle exacte? — Originalité de Desportes
et de Bertaut. — Pourquoi Boileau n'a pas parlé de Vauquelin de la
Fresnaye, de d'Aubigné, de Du Bartas.*

> Ce poëte orgueilleux (Ronsard), trébuché de si haut,
> Rendit plus retenus Desportes et Bertaut.

Boileau a-t il voulu dire que Desportes et Bertaut, reconnaissant
que Ronsard faisait fausse route, tentèrent de réagir contre ses excès
de propos délibéré ?

M. Nisard a suivi cette interprétation : « Desportes et Bertaut eurent
peur du vol de leur maître. » Il a justifié son commentaire en montrant
que ces deux poètes étaient *retenus*, qu'il prend dans le sens de
« *s'étaient retenus* » : 1° dans leurs sujets; 2° dans leur style, et il leur
a prêté des intentions et des idées de réaction qui prouveraient un
bon goût *raisonné* s'ils eussent écrit dans cette pensée.

Or, nous ne le croyons pas. La modération de Desportes et de
Bertaut fut un effet de leur nature poétique et non de leur jugement.
Ils ne se sont pas dit qu'en suivant les traces de Ronsard dans l'ode
ils risqueraient de trébucher d'aussi haut que lui, qu'ensuite il fallait
faire un choix dans les mots et s'affranchir le plus possible de l'érudition mythologique. Ils avaient naturellement l'inspiration fort
courte et n'étaient pas nés pour aborder les grands sujets. Mais
s'étant contentés de donner chacun dans leur genre et sans sortir de
leur sphère, tout ce dont ils étaient capables, ils ont paru témoigner
par là, mais d'une façon tout à fait inconsciente, qu'ils connaissaient
bien « leur esprit et leurs forces ». Cette marque de goût naturel,
sans prétention, après les écarts de la pléiade, prenait, aux yeux de

Boileau, l'importance et la valeur d'une leçon, d'un exemple à suivre : et voilà pourquoi il a donné à ces deux poètes une « mention d'estime » avant d'en arriver à Malherbe. Il les a grandis, pour la plus grande moralité des poètes, toujours enclins à la vanité et à l'orgueil. Il a même moins fait l'éloge de leur talent poétique que de leur modestie. Il a surtout exprimé une pensée morale à l'adresse des écrivains qui méconnaissent leur génie et qui s'ignorent eux-mêmes.

En effet, **Desportes**, de l'école de Marot et de Saint-Gelais, ne cherche pas à devenir un Pindare ; son but est moins prétentieux. Il imite les poètes qui ont le plus d'affinité avec la nature de son talent, Ovide, Catulle, Properce, Tibulle, et dans leur genre écrit des pièces charmantes. Il reprend la tradition de naturel et de clarté interrompue par Ronsard. Dans l'élégie, la chanson, le dialogue, les stances, il ne va pas plus loin qu'il ne peut, mais il donne tout ce qu'il peut et souvent il excelle.

> Rozette, pour un peu d'absence,
> Votre cœur vous avez changé.
> Et moi sçachant cette inconstance,
> Le mien autre part j'ai rangé.
> Jamais plus beauté si légère
> Sur moi tant de pouvoir n'aura :
> Nous verrons, volage bergère,
> Qui premier s'en repentira.
>
> Tandis qu'en pleurs je me consume,
> Maudissant cet éloignement,
> Vous qui n'aimez que par coutume,
> Caressiez un nouvel amant.
> Jamais légère girouette
> Au vent si tost ne se vira :
> Nous verrons, bergère Rozette,
> Qui premier s'en repentira.

Il reproduit, il est vrai, dans ses sonnets, les fadeurs italiennes de Pétrarque, mais comme il est discret, et jusque dans ses allusions mythologiques, auprès des poètes ronsardisants! Il est modéré par tempérament ; il a du goût, à la française ; voltige de fleur en fleur, de sujet en sujet, comme fera plus tard La Fontaine ; et moins que tout autre il eut accepté d'être chef d'école pour réagir contre Ronsard. Il n'a point forcé son talent ; il l'a seulement bien employé ; il a eu en un mot du bon sens et du goût. Si l'on ajoute que quelques-unes de ses chansons l'ont rendu populaire, entre autres celle qui commence : « Ô nuit, jalouse nuit, » il sera facile de comprendre

pourquoi Boileau lui a rendu hommage. En outre, il fait déjà pres-
sentir Malherbe et a fait faire par conséquent un progrès à la poésie
française. On en jugera par les vers suivants :

> O bienheureux qui peut passer sa vie
> Entre les siens, franc de haine et d'envie,
> Parmy les champs, les forests et les bois,
> Loin du tumulte et du bruit populaire
> Et qui ne vend sa liberté pour plaire
> Aux fous desirs des princes et des rois !
>
> Il n'a souci d'une chose incertaine,
> Il ne se paist d'une espérance vaine,
> Une faveur ne le va décevant :
> De vent fureurs il n'a l'âme enflammée
> Et ne maudit sa jeunesse abusée,
> Quand il ne trouve à la fin que du vent !
>
> . . . .
>
> L'ambition son courage n'attise,
> D'un fard trompeur son âme il ne déguise,
> Il ne se plaist à violer sa foy ;
> Les grands seigneurs sans cesse il n'importune,
> Mais en vivant content de sa fortune,
> Il est sa cour, sa faveur et son roy.

Bertaut n'est pas non plus un grand poète ; il est tiède et mélanco-
lique, moins alerte même que Desportes qu'il a d'abord imité. Mais
il a su se borner, il n'a pas essayé de franchir les limites de son talent,
il est resté lui-même et il a eu le naturel, la grâce et la clarté.

> Puisque j'ai pu de ses lays m'affranchir,
> Sous son pouvoir je ne dois plus fléchir.
> Quoyque partout sa beauté se renomme,
> Elle a détruit un amour trop parfait :
> Elle a montré qu'elle est femme en effet,
> Il faut aussi montrer que je suis homme.

Autre fragment :

> Félicité passée
> Qui ne peut revenir :
> Tourment de ma pensée.
> Que n'ai-je, en te perdant, perdu le souvenir !
> Hélas ! il ne me reste
> De mes contentements
> Qu'un souvenir funeste,
> Qui me les convertit à toute heure en tourments.

Lo sort plein d'injustice
M'ayant enfin rendu
Ce reste, un pur supplice,
Je serais plus heureux si j'avais plus perdu.

Et ce quatrain :

On ne se souvient que du mal,
L'ingratitude règne au monde ;
L'injure se grave en métal,
Et le bienfait s'escrit en l'onde.

Les idées sont simples, le style sans prétention et pourtant poétique. C'est donc bien au goût et à la modération de Desportes et de Bertaut, opposés au pédantisme et à l'orgueil de Ronsard et de son école, que Boileau a fait allusion dans ses vers.

On lui reproche quelquefois de n'avoir pas cité entre Ronsard et Malherbe, Vauquelin de la Fresnaye, Agrippa d'Aubigné et Salluste Du Bartas. C'est que ces poètes appartiennent à l'école de Ronsard et en reproduisent les défauts (1). — *Vauquelin* renouvelle l'Art poétique d'Horace en l'honneur de la pléiade condamnée par Boileau. — *D'Aubigné* dans ses tragiques est prolixe et violent malgré des éclairs de génie.

Enfin *Du Bartas* exagère jusqu'à l'extravagance les défauts de Ronsard. Après les témérités de son devancier, il éprouve le besoin d'innover encore dans les mots et dans les effets d'harmonie. Il redouble la première syllabe de certains mots pour leur donner plus d'éclat : pépétiller, flo-flottant. Voici par exemple les vers qu'il écrit pour imiter le chant de l'alouette :

La gentille alouette avec son tire lire
Tire l'ire (la colère) à l'iré, et tirelirant tire
Vers la voûte du ciel : puis son vol vers ce lieu
Vire et désire dire adieu, Dieu, adieu, Dieu.

Il était temps qu'un Malherbe vint condamner ces puérilités et rendre la poésie française plus sérieuse, plus virile et plus forte.

(1) Outre que Boileau ne fait pas d'histoire littéraire.

IX

Jugement sur Malherbe.

Au nom de quel goût on l'a condamné. — La liberté dans l'art. — Critique des reproches faits à Malherbe.

Ainsi, des interprétations incomplètes ou fausses de la pensée de l'auteur, un goût prononcé pour l'histoire, la grammaire et l'érudition, un amour exclusif de la forme, telles sont les raisons générales qui ont fait dénoncer jusqu'ici des erreurs dans les divers jugements de Boileau sur le Moyen âge et sur la Renaissance.

Au nom de quel goût a-t-on ensuite condamné le jugement sur Malherbe et par cela même sur la poésie du dix-septième siècle qu'il inaugure? C'est au nom de *la liberté dans l'art*. Ici reparaissent les idées romantiques tout à fait incompatibles avec celles que Boileau a exprimées dans ces vers :

> Enfin Malherbe vint, et le premier en France,
> Fit sentir dans les vers une juste cadence,
> D'un mot mis en sa place enseigna le pouvoir
> Et réduisit la muse aux règles du devoir.
> Par ce sage écrivain la langue réparée,
> N'offrit plus rien de rude à l'oreille épurée:
> Les stances avec grâce apprirent à tomber
> Et le vers sur le vers n'osa plus enjamber.
> Tout reconnut ses lois, et ce guide fidèle
> Aux auteurs de ce temps sert encore de modèle.
> Marchez donc sur ses pas, aimez sa pureté,
> Et de son tour heureux imitez la clarté.

Pour bien comprendre Malherbe, il ne faut pas le juger par comparaison. Sa poétique, celle de Boileau et du dix-septième siècle, ne peut être mise en parallèle avec celle de Victor Hugo. Rien n'est moins profitable à l'esprit que de renier l'une au profit de l'autre. C'est cependant ce qu'ont fait les romantiques. Ils ont revendiqué la liberté dans l'art et foulé aux pieds l'autorité classique et les règles auxquelles s'étaient astreints Corneille, Molière, Racine, Boileau, Voltaire, André Chénier. Il est oiseux de se demander si l'une de ces deux poétiques est supérieure à l'autre. Il s'agit bien plutôt d'étudier deux évolutions de notre poésie française ayant chacune leur centre principal représenté ici par Malherbe avec la discipline, là par Victor Hugo avec la liberté. L'une de ces deux écoles a fait son temps, illustrée par les chefs-d'œuvre de plusieurs hommes de génie; l'autre n'a produit jusqu'ici que les œuvres d'un grand poète. D'autres écrivains comme Lamartine et Alfred de Musset ont su allier la règle avec la liberté et semblent bien avoir trouvé une nouvelle voie poétique, intermédiaire et véritablement française. D'où naîtront les avantages que l'esprit peut retirer de l'étude de ces trois phases principales de notre poésie ? Sera-ce de l'histoire de leurs rivalités, de leurs luttes ? De part et d'autre on ne trouve que des affirmations hardies, des opinions extrêmes, des injures même souvent à l'adresse des champions du parti opposé. L'intérêt est au contraire dans l'étude du rôle de chaque évolution, de son opportunité, de sa nécessité, de son influence. Or, Malherbe jugé comme le promoteur d'une évolution nouvelle en poésie et comme le représentant de l'école classique, voilà ce qui a été admirablement exprimé dans les vers de Boileau.

Il serait puéril de croire avec certains admirateurs de Ronsard, qu'après lui la poésie française qui s'était à peu près exprimée dans tous les genres, n'eût plus rien à acquérir et qu'elle fût toute prête à enfanter les œuvres vigoureuses d'un Corneille. Elle avait, il est vrai, les qualités de la jeunesse, la verve, l'enthousiasme, l'imagination ; mais elle n'était pas encore arrivée à sa maturité, elle n'était pas maîtresse d'elle-même. « Enfin, dit Beyle (Stendhal), elle se décida à faire un mariage de raison avec M. de Malherbe, un veuf qui avait déjà la cinquantaine. » C'est l'alliance de la poésie française avec le bon sens, c'est la revendication des droits de la raison que Boileau proclame avec reconnaissance : « Enfin Malherbe vint ! » — En quoi consista cette œuvre de raison ? Elle eut surtout en vue la netteté de l'idée et de l'expression, le choix et la précision des mots, leur place, leur harmonie, en un mot la réforme de la langue et de la versification.

Considérée ainsi, la réforme de Malherbe a soulevé encore des objections. Les partisans de la liberté dans l'art disent : 1° Malherbe a appauvri la langue sous prétexte de l'épurer ; — 2° Pour ennoblir la poésie il a borné les moyens d'expression poétique ; on trouve avant lui un grand nombre de vers harmonieusement cadencés ; — 3° En admettant que les vers de Boileau soient vrais en ce qu'ils constatent une réforme évidente, ils ne peuvent être justes dans la conclusion qu'il en tire : « Marchez donc sur ses pas. » Ces reproches ont une apparence de vérité : ils flattent l'imagination. Sont-ils réellement fondés ?

I

C'est enlever à Malherbe son plus beau titre de gloire que de l'accuser d'avoir appauvri la langue française et de l'avoir en quelque sorte arrêtée dans son développement. Tous ceux qui ont souci de l'originalité nationale, reconnaissent bien plutôt que nul n'a tenté une réforme plus française, plus patriotique que celle qu'il a accomplie, car son but a été de débarrasser la langue de tous les éléments contraires à son génie. Mais, dira-t-on, ces éléments étrangers étaient nécessaires pour lui redonner la vie, puisqu'elle s'étiolait et dépérissait. Le remède pouvait être bon, mais il fut mal appliqué : la dose était trop forte pour la constitution de la malade ; elle n'y résista pas et eut infailliblement succombé si une réaction violente ne l'eût soustraite à ces influences trop vigoureuses. En outre, une langue ne peut faire des emprunts que lorsqu'elle est déjà assez forte et assez mûre pour ne pas se laisser absorber. Il en est de son développement comme celui de l'esprit qui doit affirmer sa personnalité, être en possession de lui-même, connaître son fort et son faible, avant d'avoir le droit de se compléter en recourant aux qualités qui lui manquent. Or, quand la Renaissance apporta les richesses des littératures grecque et latine, toutes deux puissantes et complètes, la nôtre n'était pas assez formée pour résister à leur envahissement. Elle ne pouvait qu'opposer ses grâces légères, sa naïveté et son naturel à la majesté et à la grandeur de ses deux aînées. Elle se laissa subjuguer par elles, les subit, les imita, les copia et leur resta inférieure parce qu'elle n'avait pas assez de ressort pour réagir, pour renaître d'elle-même plus féconde et plus belle sur les ruines grandioses de l'antiquité. Elle perdit ses qualités les plus précieuses : elle était claire, simple et naturelle, elle devint obscure, érudite et prétentieuse. Il ne lui suffit même pas de se mettre à la remorque des Grecs et des Romains : elle se livra encore à l'afféterie italienne, en attendant que l'Espagne la rendit emphatique. Ce n'était pas assez : Ronsard voulut la surcharger de tous les patois de France. La langue si française de Villon et de Marot allait passer à l'état d'archaïsme. C'est alors qu'un homme de bon sens, Malherbe, la rendit à elle-même en proscrivant tout ce qui lui était étranger. Il ne l'appauvrit pas, car *ses richesses n'étaient qu'empruntées;* mais il l'épura, l'affranchit de la servitude et la pro-

clama libre au nom de la raison et de l'esprit français. Il prit pour
guide l'instinct du peuple de Paris et de l'Ile de France. « Quand on
» lui demandait, dit Racan, son avis sur quelques mots français, il
» renvoyait ordinairement aux crocheteurs du Port au Foin et disait
» que c'étaient ses maîtres pour le langage. » C'était en effet remonter
à la véritable source, à celle où avait puisé Villon. Son œuvre fut
donc de débarrasser la langue d'une foule de mots de formation
savante pour reprendre ceux de formation populaire si faciles à pro-
noncer, si doux à l'oreille française et Boileau a eu raison de dire :

> Par ce sage écrivain la langue réparée
> N'offrit plus rien de rude à l'oreille épurée.

Malherbe soumit « aux rayons du bon sens » (1) et à la logique les
mots et les expressions dont se servaient les écrivains de son siècle ;
il fit un triage, un choix dans la langue ; il la réduisit beaucoup sans
doute ; mais elle redevint claire, naturelle, générale, capable d'exprimer à son tour, sans effort, les pensées les plus hautes. Elle
bénéficia de l'air de grandeur qu'elle avait emprunté des langues
antiques sans en faire un bon usage, et qui allait devenir une de ses
qualités réelles et dominantes. A ce point de vue, les meilleures pièces
de Malherbe, celles où il se reconnaissait et où il faut le chercher tout
entier, sont ce qu'il y a de plus pur dans notre langue, et le temps
n'en a rien effacé.

> N'espérons plus mon âme aux promesses du monde,
> Sa lumière est un verre et sa faveur une onde
> Que toujours quelque vent empêche de calmer.
> Quittons ces vanités, lassons-nous de les suivre,
>> C'est Dieu qui nous fait vivre,
>> C'est Dieu qu'il faut aimer.
>
> En vain, pour satisfaire à nos lâches envies,
> Nous passons près des rois tout le temps de nos vies
> A souffrir des mépris et ployer les genoux,
> Ce qu'ils peuvent n'est rien, ils sont comme nous sommes,
>> Véritablement hommes
>> Et meurent comme nous.

Et les deux stances suivantes :
Une langue appauvrie, qui est capable d'exprimer de tels vers, n'est
pas fort à plaindre.

(1) Et d'un vers qu'elle épure aux rayons du bon sens.

II

Après la langue, la versification. Malherbe, disent les adversaires de Boileau, n'est pas « *le premier en France* » qui « *fit sentir dans les vers une juste cadence* ». On trouve de la cadence et de l'harmonie chez les poètes de la pléiade comme chez tous leurs devanciers. De même ce vers : « *Les stances avec grâce apprirent à tomber* » devrait plutôt s'adresser à Ronsard.

Ces objections qui paraissent fondées à qui lit superficiellement les vers de Boileau, tombent d'elles-mêmes quand on y réfléchit un peu. En effet, ce n'est pas sans raison que Boileau a écrit « *juste* cadence » en donnant ici à l'épithète juste tout e sa valeur et toute sa force. Il fait allusion à une réforme de Malherbe ; il a indiqué que celui-ci avait rendu la *césure obligatoire* de facultative qu'elle était auparavant. La cadence n'était donc plus arbitraire, mais réglée, juste, toujours la même. Dans les vers de dix pieds, la césure dut être toujours après le quatrième ; dans l'alexandrin, après le sixième, etc. Et c'est ainsi que Malherbe fit sentir dans les vers « une *juste cadence* ». Nul ne peut lui enlever ce titre, car il est bien le « premier en France » qui ait établi cette règle.

Les deux vers suivants :

> « Les stances avec grâce apprirent à tomber
> « Et le vers sur le vers n'osa plus enjamber. »

sont dans un étroit rapport, et le premier est la conséquence du second. Une autre réforme de Malherbe avait été de régulariser « *par la place du repos* » les strophes déjà connues. Avant lui, elles enjambaient les unes sur les autres ou plutôt le dernier vers de l'une enjambait sur le premier vers de la suivante. Ronsard écrivait la plupart du temps sans repos, à la fin d'une stance :

> Escoute-moy, Fontaine vive,
> En qui j'ay rebeu si souvent,
> Couché tout plat dessus ta rive,
> Oisif, à la fraischeur du vent.
>
> Quand l'Esté mesnager moissonne
> Le sein de Cérès devestu
> Et l'aire par compas ressonne,
> Gémissant sous le blé battu.

Or, Malherbe proscrivit impitoyablement ces sortes de rejets (à la fraischeur du vent, — quand l'Esté mesnager). Il fit de la stance un tout à part, elle eut sa vie propre, son mouvement particulier, son harmonie individuelle. Toute la difficulté était de la bien terminer, de la faire tomber avec grâce, c'est-à-dire avec naturel. Malherbe qui, en quelque sorte, l'inventa, en la rendant indépendante, lui a donné une cadence naturelle qu'elle n'avait pas dans Ronsard ; ainsi dans les deux suivantes :

> Que direz-vous, races futures,
> Si quelquefois un vrai discours
> Vous récite les aventures
> De nos abominables jours ?
> Lirez-vous sans rougir de honte
> Que notre impiété surmonte
> Les faits les plus audacieux
> Et les plus dignes du tonnerre
> Qui firent jamais à la terre
> Sentir la colère des cieux ?
>
> O que nos fortunes prospères
> Ont un change bien apparent !
> O que du siècle de nos pères
> Le nôtre s'est fait différent !
> La France, devant ces orages,
> Pleine de mœurs et de courages
> Qu'on ne pouvait assez louer,
> S'est faite aujourd'hui si tragique,
> Qu'elle produit ce que l'Afrique
> Aurait vergogne d'avouer.

III

Enfin le dernier reproche et le plus considérable se rapporte à la conclusion que Boileau a tirée de la réforme de Malherbe. Il reconnaît les bienfaits de son influence et engage les poètes à persévérer dans la voie qu'il a ouverte.

> Tout reconnut ses lois, et ce guide fidèle
> Aux auteurs de ce temps sert encore de modèle.
> Marchez donc sur ses pas, aimez sa pureté,
> Et de son tour heureux imitez la clarté.

La poésie du dix-septième siècle a suivi cette tradition du respect de la langue et des règles de la versification. Les conséquences en ont-elles été déplorables ? En admettant que les œuvres poétiques de cette époque dussent être nécessairement distinguées par le génie des écrivains, ont-elles été cependant inférieures à ce qu'elles seraient devenues si la liberté dans l'art les eût enfantées ? Double question où il convient de justifier Boileau. Il faudrait être d'abord de mauvaise foi et singulièrement partial pour dire que les œuvres de Corneille, de Molière, de Racine, de La Fontaine à qui Malherbe révéla son génie, de Boileau lui-même, toutes fidèles à la même tradition, fussent des œuvres médiocres. Ce serait ne pas vouloir se rendre à l'évidence. Quant à la question de savoir si cette littérature poétique eût été supérieure, livrée aux caprices des écrivains, fussent-ils créateurs comme Hugo, elle laisse un trop vaste champ à l'imagination et au hasard pour que nous cherchions à la résoudre. Et du reste, quelle autre supériorité peut-on demander à une littérature poétique qui est à la portée de tout le monde et de tous les âges et qui a mérité de devenir classique. Qu'y a-t-il de supérieur à la clarté, au naturel, à la pureté ? Or ce sont précisément les qualités qui distinguent la poésie du dix-septième siècle. Les plus beaux vers de Corneille sont d'une clarté supérieure : ils sont devenus proverbes ; les comédies de Molière, c'est le bon sens appliqué aux choses de la vie, c'est la nature prise sur le fait dans ce qu'elle a de plus saisissant ; les tragédies de Racine sont, par la pureté de l'expression, bien près d'être parfaites. C'est même le seul éloge qu'on leur fait quelquefois. Ce qu'on loue dans La Fontaine, n'est-ce pas le naturel, le tour heureux, la clarté ? Pourquoi enfin les vers de Boileau se gravent-ils si bien dans la mémoire, sinon parce qu'ils sont conformes à l'esprit français, parce qu'ils sont l'expression même du bon sens appliqué aux choses de l'esprit, parce qu'ils ont une netteté et une clarté admirables. Or ces qualités diverses sont en raison directe du respect de la langue et des règles de la versification. Plus l'idée est resserrée dans son expression, plus elle a besoin de termes nets et saisissants pour être rendue. Cette contrainte force l'esprit à ne rien livrer au hasard, à réfléchir, à penser. La discipline de Malherbe et de Boileau convient à des poètes qui pensent, et, comme l'a dit Sainte-Beuve, n'est faite que pour les poètes de génie. La poésie, comme les autres arts, ne souffre pas la médiocrité, et ceux qui réclament pour sa liberté complète n'ont de respect ni pour elle ni pour le lecteur.

CONCLUSION

Boileau est un homme du dix-septième siècle. Il ne jure que par les idées de son temps qui se réclame de la raison, de la raison seule et de l'antiquité. Il ne voit rien en deçà ou au-delà. Il ne conçoit pas une littérature d'imagination ou de sentiment ; il ne peut même pas comprendre qu'elle puisse jamais, dans la république des lettres, avoir droit de cité, car il n'en a vu que les défauts. Il sait, au contraire, ce qu'une littérature de raison est capable de produire. Il en a pour preuves les chefs-d'œuvre de l'antiquité et ceux de son époque. L'idéal qu'il avait sous les yeux s'imposait à tout homme de sens et de goût. Il était donc naturel qu'il jugeât les écrivains du Moyen âge et de la Renaissance en les comparant à ceux qui avaient fait l'admiration de plusieurs siècles et qui inspiraient encore Corneille, Racine, Molière. Discuter ses jugements en invoquant des principes qu'il ne pouvait avoir, c'est dénaturer sa pensée, méconnaître son but et son rôle. Pour le bien comprendre, il faut se faire une âme du dix-septième siècle, bannir résolûment tout ce qui n'est pas raisonnable, tout ce qui est sentimental, lyrique ou philologique, et ne voir dans Boileau que Boileau lui-même, c'est-à-dire la raison incarnée. Certes, les modernes n'ont pas tort de goûter dans les œuvres littéraires autre chose que la pure raison; le sentiment, l'imagination peuvent exprimer des choses exquises qui se sentent d'instinct plutôt qu'elles ne se discutent et dont le cœur est le seul juge. Mais il n'y a ni règles ni préceptes qui puissent guider l'esprit sur ce terrain glissant. Il faut opter. Or, Boileau a voulu être, en littérature, l'apôtre de la raison, le législateur du Parnasse. De parti pris il a repoussé tout compromis, toute réticence. Sa tâche a été de frayer la voie à ses successeurs ; et, pour les empêcher de s'égarer, il a pris soin de leur nommer des guides qui, de loin en loin, pussent leur indiquer, comme les phares aux pilotes, les écueils à éviter et la bonne route à suivre. Il n'a rien découvert pour l'histoire littéraire, il a fait beaucoup pour la littérature, et c'est en littérateur classique et non en historien ou en philologue qu'il convient de l'étudier. On ne s'exposera pas de cette façon à lui reprocher des erreurs qu'il n'a pas commises.

Nevers, Typ. Mazeron frères.

TABLE DES MATIÈRES